Roderich Stintzing

Friedrich Carl von Savigny, ein Beitrag zu seiner Würdigung von

Dr. R. Stintzing

Roderich Stintzing

Friedrich Carl von Savigny, ein Beitrag zu seiner Würdigung von Dr. R. Stintzing

ISBN/EAN: 9783743363526

Hergestellt in Europa, USA, Kanada, Australien, Japan

Cover: Foto ©Raphael Reischuk / pixelio.de

Manufactured and distributed by brebook publishing software (www.brebook.com)

Roderich Stintzing

Friedrich Carl von Savigny, ein Beitrag zu seiner Würdigung von

Dr. R. Stintzing

Friedrich Carl von Savigny.

Ein Beitrag zu seiner Würdigung

von

Dr. R. Stintzing.

Besonders abgedruckt aus dem neunten Bande der Preußischen Jahrbücher.

Berlin.
Druck und Verlag von Georg Reimer.
1862.

Dem Wunsche des Herrn Herausgebers gern entsprechend, habe ich für die "Preußischen Jahrbücher" eine Darstellung von Savigny's Wesen und Wirken geliefert, weil ich es für verdienstlich halte, auch den nicht-juristischen Kreisen in Erinnerung zu bringen, was wir an dem Verstorbenen besessen haben. Für meine Fachgenossen werden die nachfolgenden Blätter vielleicht nicht viel Neues enthalten; je getreuer dieselben aber das in ihnen lebende Bild des großen Meisters abspiegeln, desto willkommner, hoffe ich, werden sie ihnen sein, trotz mancher fühlbaren Lücke.

Erlangen, im Januar 1862.

Der Verfasser.

Im Jahre 1803 erschien: „Das Recht des Besitzes. Eine civilistische Abhandlung von Dr. Friedrich Carl von Savigny." Man wußte im juristischen Publicum von dem Verfasser nicht viel mehr, als daß er vor drei Jahren seine Doctor-Dissertation „de concursu delictorum formali" geschrieben habe, und jetzt akademischer Lehrer zu Marburg sei. Auch dies Werk selbst gab über die Person, Stellung, Richtung und Vorbildung des Verfassers keine einleitenden Nachrichten. In nüchternster Weise begann die erste Seite mit der „Quellenkunde," an die sich ein literargeschichtlicher Abriß schloß; und das einzige Wort vorläufiger Verständigung, welches dem Leser gegönnt wurde, war im Beginn der eigentlichen Abhandlung die ironische Bemerkung: daß der Verfasser sich leicht der herkömmlichen Klagen über die Schwierigkeiten des Gegenstandes und eines Beweises derselben im Anfange des Buchs enthalte, daß es dagegen schwerer sein werde, in keinem folgenden Punkte der Untersuchung durch die Darstellung daran zu erinnern.

Ganz gegen die herkömmliche Manier der breiten Vorerinnerungen, stellte sich also dies Buch unmittelbar dem kritischen Urtheile dar; und wer wissen wollte, mit welchem Manne er es zu thun habe, war lediglich an sein Werk selber gewiesen.

Es wird wohl kaum ein zweites Beispiel geben von einer Aufnahme, wie sie dies Erstlingswerk in der juristischen Literatur fand. Statt aller anderen Stimmen möge hier das Urtheil stehen, welches Thibaut in der Allgemeinen Literaturzeitung von 1804 (Nr. 41) abgab. „Seit langer Zeit hat Recensent keine juristische Schrift mit einem so lebhaften, immer wachsenden Interesse studirt, als das vorliegende geistvolle Werk. Der

Verfasser, welcher schon durch diesen Versuch das Recht erworben hat, mit unseren ersten Civilisten in eine Reihe zu treten, vereinigt in sich Alles, was zur glücklichen Bearbeitung des Rechts erforderlich ist, einen seltenen, immer gleichen, immer wachen Scharfsinn, eine glückliche Gewandtheit und Leichtigkeit im Auffassen und Darstellen der schwierigsten Begriffe, ächte, tief eindringende Gelehrsamkeit, verbunden mit durchgehender Eigenthümlichkeit, — mit Einem Worte Alles, was der Eigensinn des Schicksals in seinem ganzen Umfange nur Wenigen zu verleihen pflegt. Das Werk gewährt daher einen Genuß und eine Befriedigung, deren man sich selten bei der Lectüre juristischer Schriften zu erfreuen hat."

Dies Urtheil eines Mannes, welcher schon damals neben Glück, Haubold und Hugo unbestritten zu den ersten Civilisten gerechnet wurde, der überdies im vorhergehenden Jahre in einer eignen Schrift denselben Gegenstand behandelt hatte, zeigt uns, welche Erwartungen an das Wirken des damals vierundzwanzigjährigen Verfassers gleich bei seinem Auftreten geknüpft wurden.

In der That datiren wir eine neue Epoche in der Jurisprudenz von diesem Werke, dessen Ruhm, wie kaum jemals ein anderes, der strengen Fachwissenschaft angehöriges, sich auch in solche Kreise, die ihr sonst fern stehen, weit verbreitet hat. Denn fast jeder Gebildete in Deutschland, der die glänzenden Zeiten Savigny's aus eignem Erlebnisse oder mittelbar durch Erzählung kennt, wird uns sagen können, daß sein Name sich an dies Werk anknüpft.

Und doch, wenn wir der Sache näher treten, und fragen, was denn eigentlich das Große war, das hier der Welt geboten wurde; worin denn eigentlich die Macht dieser neuen Erscheinung begründet lag: so ergiebt sich uns die Antwort nicht auf den ersten Blick von selbst. Auch ist es üblich geworden, die Frage mit einem Hinweis auf die Vollendung der Form und auf die geistreiche Art der Behandlung abzuthun: obwohl doch diese beiden Eigenschaften allein noch niemals einem wissenschaftlichen Werke einen epochemachenden Einfluß gesichert haben.

Es war nicht etwa eine neue Idee, welche mit diesem Werke weithin zündend und leuchtend in die Welt geschleudert wurde. Beschränkte es sich doch auf die Unterſuchung einer einzelnen, trotz ihrer großen Wichtigkeit nicht einmal eigentlich fundamentalen Lehre des Römiſchen Rechts. Auch ward hier nicht mit kecker Hand ein Streit vom Zaune gebrochen, der ein verjährtes Vorurtheil über die Grundlagen der Rechtswiſſenſchaft erſchütterte. Die Schrift hielt ſich ſtreng an ihren ſpeciellen Stoff; die Polemik war gemäßigt und nur ein untergeordneter Theil; und ſelbſt die Methode, welche ſich in dieſem Werke darlegte, war hier nicht zum erſten Male vertreten.

Wir müſſen, um uns ſeine hiſtoriſche Bedeutung klar zu machen, unſere Blicke um ein gutes Jahrzehent rückwärts wenden. Hier treffen wir nun Guſtav Hugo, geboren 1764, ſeit 1788 Dr. jur. und Profeſſor zu Göttingen, in einer lebhaften literariſchen Fehde, welche er vorzugsweiſe in den Göttinger Gelehrten Anzeigen und in ſeinem 1790 begründeten Civiliſtiſchen Magazin führte. Indem er den Plan dieſes Journals darlegte, ſprach er ſein Glaubensbekenntniß mit dürren Worten dahin aus: „Seit wenigſtens funfzig Jahren hat das civiliſtiſche Studium im Ganzen gar keine Fortſchritte gemacht; es iſt im Gegentheil geſunken." (Civ. Magaz. Bd. 1 S. 10.) Und dieſe Behauptung durfte er eine anerkannte Thatſache, der Niemand widerſprechen werde, nennen; ja er konnte ſich zum Zeugniß dafür, wie weit verbreitet dieſe Ueberzeugung ſei, auf die Worte K. L. Reinhold's berufen, der in ſeinem „Verſuch einer neuen Theorie des menſchlichen Vorſtellungsvermögens" (1789) urtheilte, daß die poſitive Jurisprudenz hinter den übrigen Wiſſenſchaften in Barbarei zurückgeblieben ſei.

Nur über den Grund des Uebels und ſeine Heilung hätten ſich der Philoſoph und der Juriſt ſchwerlich ganz verſtändigt. Zwar konnten ſie darin übereinſtimmen, daß der Einfluß der herabgekommenen Naturrechtslehre einen großen Theil der Schuld trage: allein der Juriſt durfte nicht zugeben, daß mit der Herrſchaft der kritiſchen Philoſophie der Rechtswiſſenſchaft geholfen ſei. Denn von dem ſyſtematiſchen Erkennen der letzten Gründe des Rechts iſt doch immer nur zu einer kleinen Zahl einzelner beſtimmter Sätze auf ſyntetiſchem Wege zu gelangen — und die Erkenntniß des poſitiven Rechts hat davon nur einen mittelbaren Vortheil.

Ein geistvoller Praktiker, Johann Georg Schlosser, sagte von jener Zeit (1790): „die Juristen haben sich eine gewisse Concordanz von Römischen, kanonischen und statutarischen Gesetzen, und von Responsis, Consiliis, Meinungen, Thesen u. dergl. in den Kopf gebracht, die sie auf alle Fälle anwenden, sie mögen sich hinschicken oder nicht." Mit diesen Worten ist auf das Grundübel jener Zeiten hingewiesen. Unser positives Recht in Deutschland ist bekanntlich ein Conglomerat der heterogensten Elemente, das zwar unter dem Hammer der Zeiten zu einer Art von Einheit zusammengeschweißt, aber nicht zu einem vollen Organismus verwachsen ist. Auch ist z. B. die Herrschaft des deutschen und römischen Elements nicht etwa durch räumliche Grenzen, oder nach den Gegenständen unterschieden, sondern sie stoßen sich oft hart im Raume, und wie weit dem einen oder andern die Geltung zuzugestehen ist, das läßt sich nur entscheiden, nachdem man genau den Rechtssatz in seinen Gründen und Folgen scharf erkannt hat. Aber nicht blos, daß Deutsches und Römisches Recht einander gegenüberstehen: zwischen beiden liegt noch mitten inne, breit hingelagert, das Corpus Juris Canonici; und was wir mit glattem und einfachem Worte als deutsch und römisch bezeichnen, das birgt in sich selber die bunteste Mannichfaltigkeit, und ist uns selber größtentheils als ein mehr oder minder zufälliges Aggregat von Resten des Rechts verschiedener Zeiten überliefert. Nur wenn es gelingt, darüber Klarheit zu erringen, was von diesen verschiedenen Theilen noch Lebensfähigkeit hat, was abgestorben oder durch neue Rechtsgrundsätze verdrängt ist, läßt sich mit diesem Rechte leben; nur dann auch ein wissenschaftliches Ganze herstellen, dem objective Wahrheit zukommt.

Die hierzu erforderliche historisch-kritische Befähigung aber war der Jurisprudenz fast gänzlich abhanden gekommen. An umfassender Gelehrsamkeit zwar fehlte es nicht; allein sie trug den Charakter eines todten Schatzes, von dem der Besitzer keine bessere Anwendung kennt, als sich selbst an ihm zu behagen und ihn vor Anderen glänzen zu lassen. Sie war ein Erbstück der kurz vorangegangenen Zeiten der Böhmer, Senckenberg, Heineccius u. A. Aber auch von diesen urtheilt der würdige Joh. Jac. Moser in seinem 1739 erschienenen Lexicon der jetzt lebenden Rechtsgelehrten: „Wenn ich alle in bloße Gelehrsamkeit verliebte deutsche Rechtsgelehrte zusammennehme, kommen sie mir als ein prächtiges und schön unter einander spielendes Feuerwerk für; gleich wie aber bei manchem einzelnen Pfund gemeiner Lichter viel mehr Gutes vor das gemeine Beste gearbeitet wird, als ein ganzes Feuerwerk Nutzen schafft, so ist es auch mit jenen." Ueber den Einfluß dieser Männer, welche trotz des Moser'schen Urtheils ächt wissenschaftliche Verdienste um die Quellenkunde haben, hatte das Heer der sogenannten Praktiker unter Führung der Stryck, Leyser, Cocceji, wohl eben deshalb den Sieg davongetragen, weil die Gelehrsamkeit jener nur ein „brillantes Feuerwerk" gewesen war und daher den Namen der „eleganten Jurisprudenz," den sie sich selber gern beilegte, in einem ganz besonderen Sinne verdient hatte. Jetzt führte die Herrschaft in Theorie und Praxis der sogenannte Usus modernus Pandectarum, womit ungefähr dasjenige bezeichnet werden sollte, was man in neuester Zeit Heutiges Römisches Recht zu nennen pflegt. Es ist im Ganzen gegen diesen Begriff nichts einzuwenden: denn in der That ist das Römische Recht, wie es bei uns gilt, ein anderes, als es zu Justinian's Zeiten war. Nur wird es sich im Einzelnen immer erst sehr ernstlich fragen, in welcher Weise man sich das Verhältniß zwischen uns und Justinian zurechtlegt.

Vor Allem ist daher nothwendig, daß man einmal klar und scharf erkenne, was denn eigentlich Justinianisches Recht sei. Statt dessen nun aber bot der damalige Usus modernus ein Chaos von Sätzen und Vorstellungen, welche dem Römischen und Kanonischen Rechte, dem älteren Deutschen Rechte und neueren Landes- und Reichsgesetzen entlehnt waren; in dem somit kein einziger Rechtsbegriff in seiner ursprünglichen Gestalt zum Bewußtsein kam, und daher auch nicht hervortrat, wie und warum er seinerseits modificirt war, oder etwa auf andere modificirend wirkte. Ueber das Ganze war dann aber, um ihm den Anstrich eines Systems zu geben, ein dem Naturrecht entlehnter Schematismus geworfen. Denn in Alles hinein spielte der von Thomasius und Puffendorf auf die Jurisprudenz applicirte Rationalismus, unter Beimischung Wolf'scher Aufklärung, nach deren Anschauung sich das Beste vom Positiven von selbst verstand und schon aus allgemeinen Vernunftgründen sich beweisen lassen mußte. Daß durch die Betrachtung unter diesen rein subjectiven, und daher willkürlichen Gesichtspunkten man sich selbst der Fähigkeit beraubte, den Eigenthümlichkeiten des Stoffs gerecht zu werden, merkte man nicht, und hielt es jedenfalls für keinen erheblichen Nachtheil (vergl. Hugo, Gött. Anz. von 1789. S. 1105, 1665). Hugo erkannte es in seinen Recensionen (Gött. Anz. 1789. S. 1111) bereitwillig an, „daß die historischen Untersuchungen im Staatsrecht, die freiern Begriffe im Naturrecht, die Menschlichkeit in den Bestrafungen und die möglichst gelinden Grundsätze, welche die Völker gegen einander zu beobachten angefangen haben, wohl unstreitig auch in folgenden Jahrhunderten als Verdienste des achtzehnten" gelten würden; allein, fragte er: „hat die eigentliche Rechtsgelehrsamkeit, hat der Theil, worin nicht Historiker, Philosophen und Staatsmänner ebenso viel oder noch mehr gelten als die Juristen, hat der Theil, womit von diesen letzteren die bei weitem Meisten sich beschäftigen — hat das Civilrecht seit etwa funfzig Jahren auch in dem Verhältniß gewonnen, in dem die Nachwelt es verlangen kann, wenn sie unsere Hülfsmittel berechnet?"

Die Antwort, welche er bei einer anderen Gelegenheit auf diese Frage ertheilt, haben wir schon berichtet. Und eine Bestätigung derselben in handgreiflichster Art boten die damals gesuchtesten und anerkanntesten Erscheinungen in der civilistischen Literatur, indem sie sich ohne alles Bedenken theils an die vor sechzig Jahren geschriebenen Heineccius'schen Institutionen, theils an das im Jahre 1764 erschienene Pandekten-Compendium von Hellfeld anlehnten.

Eine Stagnation, ähnlich, wie um die Mitte des funfzehnten Jahrhunderts, war unverkennbar. Wie aber damals die Erfrischung der Geister von der Alterthumswissenschaft ausgegangen war, dann sich den anderen Disciplinen mitgetheilt hatte, so war auch jetzt ein mächtiger Anstoß von eben daher gekommen durch Fr. A. Wolf. Aus der Bewegung aber, welche seitdem die übrigen Wissenschaften ergriffen, aus der Umgestaltung, welche bereits die Theologie, mit der die Jurisprudenz in der Geschichte parallel zu gehen pflegt, durchgemacht hatte, zog Hugo (Gött. Anz. 1789. S. 1105) den prophetischen Schluß: daß auch dieser

eine Revolution bevorstehe, und daß die Juristen sie beschleunigen könn=
ten, wenn sie die Quellen und die Schicksale ihrer Wissenschaft so eifrig
studirten, wie die bessern Theologen Exegese und Kirchengeschichte studirt
hätten.

Und Hugo war der Mann, um selbst Hand an's Werk zu legen.
Wir richten indeß unser Augenmerk vorzüglich auf seine Polemik, die jetzt
sich zwei hervorragende Vertreter und Träger der herrschenden Methode
zum Ziele wählte: Höpfner und Glück.

Höpfner, dessen Person dem nicht juristischen Publicum durch Goe=
the's in „Wahrheit und Dichtung" von ihm selbst erzählten Besuch in Gie=
ßen bekannter geworden ist, war damals schon von der akademischen Laufbahn
abgetreten und lebte seit 1781 als Mitglied des Ober=Appellations=Gerichts
in Darmstadt. Er hatte hier im Jahre 1783 seinen theoretisch=praktischen
Commentar zu Heineccius' Institutionen=Compendium herausgegeben, wel=
cher bald zum beliebtesten Lehrbuch wurde. Es verdiente sein Ansehen
durch verständige Darstellung und ein lesbares Deutsch, sowie durch den
bedeutenden Schatz gelehrter Kenntnisse, mit denen es gearbeitet war. Und
eben seines wohlbegründeten Ansehens und Einflusses wegen war dies Werk
der würdigste Gegenstand einer Polemik, die gegen eine ganze Zeitrichtung
gekehrt war. Hugo griff einzelne Abschnitte heraus, in denen Ansichten
vorgetragen wurden, welche damals allgemein herrschten — an deren gründ=
licher Unrichtigkeit sich aber am besten nachweisen ließ, zu welchen Verir=
rungen eine Methode führe, die sich selbst den Einblick in die Eigenthüm=
lichkeiten ihres Stoffs verschloß. Es zeigte sich dies am deutlichsten an
rechtsgeschichtlichen Gegenständen, die in diesem Werke nach der gewöhnli=
chen Art nebenher, als elegante Zugabe zum Praktischen, abgehandelt waren.
Da wird denn z. B. berichtet, daß die „res nec mancipi weder in do=
minio quiritario, noch bonitario" gewesen seien. „Der Prätor, heißt es
ferner, habe vielen Personen ein Erbrecht gegeben, welche es nach den Ci=
vilgesetzen nicht hatten. Weil er nun dazu wirklich nicht berechtigt war,
so habe er sich hinter ein Wort versteckt, oder auch sein gesetzwidriges
Verfahren dadurch einigermaßen zu maskiren gesucht, daß er auch solchen
Personen bonorum possessio versprach, welchen ein Erbrecht nach den

Civilgesetzen zustand." (Civilist. Magazin I. S. 224, 257, Höpfner, Commentar 1te Ausg. §. 288. 655. 663.)

Glück gab damals (1789) den ersten Band seines Pandekten-Commentars heraus, nachdem er sich schon durch manche literarische Arbeiten einen sehr angesehenen Namen erworben hatte. Hugo erklärte in einer Recension (Gött. gel. Anz. 1790. S. 166 ff.): „er bedaure aufrichtig, daß ein Schriftsteller, der für das bessere Studium so viel thun könnte, die Heerstraße der theoretisch-praktischen Commentare über elende Compendien einschlage. Ein solches Buch werde schon längst in keiner anderen Wissenschaft mehr geschrieben; zum Unterricht sei es viel zu weitläuftig und unsystematisch, zum Nachlesen ganz unbequem, für Gelehrte zu durchwässert, für Anfänger viel zu gelehrt."

Etwas empfindlich antwortete hierauf Glück in der Vorrede zum 2ten Theil (1791): „Feindselig oder vielleicht nur unüberlegt war zwar der Anfall, mit welchem ein von dieser Seite schon bekannter Göttingischer Recensent das Werk in seinem ersten Keime zu ersticken wagte; allein der verächtliche Blick, mit welchem das entscheidende Publicum lächelnd auf diesen dem jugendlichen Alter eines Mannes von Genie leicht zu verzeihenden Schritt herabsahe, ist für mich die ehrenvollste Genugthuung."

Diese Entgegnung rief nun eine Replik hervor, mit welcher Hugo in weit ernsterer Art dem Werke zu Leibe ging. Er erklärte: das ganze Werk tauge nichts, so lange nicht bestimmt sei, welche Materien hineingenommen werden sollten und welche nicht — und so lange ferner die Titelfolge der Pandekten beibehalten werde. Die höchst schwankende Unbestimmtheit des Plans müsse Jedem auffallen, der sich nicht gewöhnt habe, gar nicht mehr nach Gründen zu fragen, sobald etwas in der Methode nur dem Herkommen gemäß sei. Altes und neues Recht, jus publicum und privatum seien hier in gewohnter Weise durcheinander geworfen — und der ganze Plan sei blos durch Zufall und Schlendrian, gar nicht mit Absicht und Ueberlegung entstanden. Bei dieser Plan- und Systemlosigkeit bezeichnete es Hugo als wahrscheinlich, daß das auf sechs Bände angelegte Werk zu mehr als zwanzig anwachsen werde (Gött. Anz. Jahrg. v. 1790. S. 168. 1785. — Jahrg. v. 1791. S. 1209). Und wie richtig er geurtheilt hat, zeigt der Erfolg: es ist unter den Händen des zweiten Fortsetzers nach mehr als sechszig Jahren bis zu fünfundvierzig Bänden angewachsen und immer nur noch zu drei Vierteln vollendet!

Eigenthümlich genug ist es, daß dieses Werk die Zeiten der Umwälzung in der Jurisprudenz überdauert hat und fortwährend in einer gewissen Achtung und Geltung geblieben ist. Seine Autoren haben mit ruhigem Fleiße still daran und emsig fortgearbeitet, und es ist den Praktikern ein fast unentbehrliches Buch geworden — bis in die jüngsten Zeiten. Der Grund ist wohl kein anderer, als daß man allgemein anerkannte, wie dieses Werk, trotz aller wissenschaftlichen Schwächen, eine mit treuestem Fleiße gearbeitete Sammlung der juristischen Streitfragen, eine sorgfältige Compilation der älteren Literatur enthalte — und daher in allen Fällen, wo es praktisches oder theoretisches Bedürfniß ist, ein reiches Material bequem beisammen zu haben, außerordentlich brauchbar sei.

Vollkommen berechtigt war aber bemungeachtet die Hugo'sche Polemik. Wir vermögen das Glück'sche Werk anzuerkennen und zu schätzen, trotz seiner Mängel, weil es als ein einzelnes aus einer früheren Zeit übrig geblieben ist, während die gesammte übrige Literatur andere Bahnen eingeschlagen hat. Hugo dagegen sah die ganze Wissenschaft um sich her unter der Methode kranken, welche in diesem neuen, so breit angelegten und auf ehrenwerther Gelehrsamkeit ruhenden Werke eine neue Stütze zu bekommen drohte. Hier galt es nun freilich, jeder neuen Lieferung entgegenzutreten und — wie Hugo einmal sagt — „an einem auffallenden Beispiele, an einem großen, reifen und zu längerer Dauer bestimmten Buche eines geschätzten Schriftstellers zu zeigen, welche Freiheiten sich manche Herren, im Zutrauen auf ihre einmal verjährte Methode zu gute halten" — indem sie nämlich eine Menge von halbwahren mißverstandenen Sätzen ohne kritische Sonderung nach vorgefaßten Anschauungen und durch Vermischung fremdartiger Vorstellungen für Römisches Recht ausgeben. Dem gegenüber vertrat nun Hugo die vor ihm (nach dem Vorgange Habernickel's) sogenannte „historisch-systematische Methode" und verkündete zu Anfang seines Civilistischen Magazins, „daß er von ihren Vorzügen so oft und so stark sprechen wolle, als er nur könne." Zur Charakteristik seiner Methode, woraus wir zugleich ihre nahe Beziehung zur Philologie erkennen, mag aber besonders angeführt werden, was er über ihren Namen sagt. Man könnte, meint er, sie auch die exegetische Methode nennen: aber dies sei schon in dem Worte „historisch" begriffen. „Der Sinn von Wörtern und Redensarten soll nicht mehr philosophisch bestimmt werden, wie wenn man die Sprache und die Wissenschaft erst schaffen wollte, sondern historisch nach dem, was die Römer sich dabei dachten. War die römische Sprache eigensinnig, verband sie verschiedene Begriffe unter ein Wort, trennte sie sehr ähnliche unter zwei und mehrere, so berechtigt uns dies nicht, eine runde Definition willkürlich oder doch nur ohngefähr zu bilden und diese da unterzuschieben, wo das Wort vorkommt."

Dieser Satz enthält die Quintessenz der Hugo'schen Richtung und Thätigkeit. Sie ist überall auf eine strenge kritisch-exegetische Erforschung des Einzelnen, eine klare Sonderung der Begriffe, und, im Zusammenhang damit, auf eine genaue Feststellung der römischen Terminologie gerichtet. Hier konnten denn auch die Erfolge im Einzelnen nicht fehlen. Man sieht, wie ihm in den von ihm angegriffenen Punkten das Feld geräumt wird, wie sich die Stimmen für das Studium des „Reinen Römischen Rechts," wie man es nennt, mehren, wie Hugo selbst in Ansehn und Achtung steigt, und sogar zu seinen literarischen Gegnern in freundliche Beziehung tritt. Bei alle Dem aber blieb sein Einfluß ein beschränkter. Denn seine Kraft war mehr geschaffen, um unmittelbar auf das Nächstliegende und Kleine zu wirken, als Großes neu zu gestalten. Er hatte daher Erfolge als gefürchteter und geachteter Recensent, als anregender, geistreicher Lehrer, als gründlicher, scharfsinniger Forscher, der mit genialem Blick in dunkle Einzelheiten der Wissenschaft schaute. Allein es war ihm nicht gegeben, zur Anschauung und Geltung zu bringen, daß in ihm ein wesentlich neuer, tieferer Geist wissenschaftlichen Strebens wirke und schaffe. Wer bereit war von den älteren Gelehrten, seine Verdienste anzuerkennen, hielt sie doch immer nur für Leistungen, die sich mit der bisherigen Art und Weise recht wohl vertrugen: denn um richtiges Verständniß der Einzelheiten des Rechts war es ja auch seinen ehrenwerthen Gegnern zu thun. Was er aber Allgemeines über die Methode sagte und schrieb, das schien theils nicht abweichend von dem, was man selber wollte — denn sorgfältige Exegese achtete man ja allgemein als nothwendig; theils nicht erheblich für die eigentliche Wissenschaft, da er ja selbst seine systematische Methode nur für Lehrbücher verwerthete; theils endlich von zweifelhaftem Werth, denn sichere Erfolge waren noch nicht aufzuweisen, und die Lehrbücher Hugo's selber waren so dürftig ausgeführt, so sehr auf die Ergänzung durch seinen mündlichen Vortrag berechnet, daß sie als Bücher für Andere kaum genießbar sind. Als Höpfner und Hugo ihren Frieden gemacht hatten und selbst in freundschaftlichen Briefwechsel getreten waren, schrieb ihm jener u. A.: „Für jetzt bin ich noch ein orthodoxer Jurist und hänge am Alten, so lange ich nicht die Nothwendigkeit einer Neuerung ganz evident vor Augen sehe. Daß man auf dem bisherigen Wege ein gründlicher Jurist werden konnte, ist nicht zu leugnen. Daß dies sich leichter oder in höherem Grade auf dem von Ihnen vorgezeichneten erreichen lasse, davon bin ich noch nicht überzeugt." Und später: „Du gehst zur Rechten, ich gehe zur Linken — es soll nicht Zank zwischen uns sein. Also scheidete sich ein Bruder von dem andern. 1. B. Mos." (Civil. Mag. Bd. 3 S. 81, 90.) —

So ungefähr standen die Sachen noch manches Jahr nach Höpfner's Tode, als Savigny's Buch erschien, und, um es mit Einem Worte zu sagen, in einer vollendeten That offenbarte, was bisher nur mit Worten als Ziel des Strebens in allgemeinen Umrissen bezeichnet worden war.

Schon der erste, selbst nur flüchtige Blick in dieses Werk ließ erkennen, daß hier ein neuer, der Jurisprudenz bisher fremder Geist, Körper gewonnen habe. Denn es herrschte darin eine Feinheit und Anmuth des Ausdruckes, welche man bisher fast für unverträglich mit juristischen Fragen gehalten hatte. Nur etwa in Thibaut's 1798 erschienenen „Versuchen" hatte man schon eine Besserung wahrnehmen können; Hugo, so gern und kräftig er den pedantischen Zopfstil seiner Collegen geißelte, hat es doch selber niemals zu einem edlen, fließenden Ausdruck der Gedanken gebracht. Savigny's Behandlung der Sprache aber zeigte, daß auch für die Juristen die große Umgestaltung der deutschen Rede stattgefunden habe, in welcher sie, wie F. C. Schlosser es ausdrückt, „Göthe sanft wie einen Hauch gemacht hat, nachdem sie durch Lessing ernst, kräftig und edel geworden war."

Es liegt in dieser Thatsache mehr, als auf den ersten Blick scheint. Gut schreiben und reden zu können, mag Sache der formalen Uebung sein. Wer aber einen seiner Natur nach harten und dürren Stoff in edler und schöner Form behandeln kann, der hat vorher den eignen Geist mit der edelsten Nahrung zu solcher Kraft und Fülle heranbilden müssen, daß er nun diesem Stoffe, ihn unbedingt beherrschend, den Stempel der eignen Persönlichkeit aufzudrücken vermochte. Daß es hier so stand, daß man es nicht blos mit einem Juristen ersten Ranges, sondern mit einem von Grund aus durchgebildeten Geiste zu thun habe, fühlte Jeder: und dieser Eindruck ist es offenbar, dem Thibaut in seiner oben erwähnten Recension Worte lieh. Will man sich diesen Eindruck, so weit es uns Nachgebornen überhaupt möglich ist, ganz rein und kräftig vergegenwärtigen, so muß man die erste Auflage des Buches zur Hand nehmen, in der das Wort noch unverändert im frischen, jugendlichen Zuge strömt.

Die Mittel, welche Hugo zur Herbeiführung der von ihm prophezeiten Revolution in der Jurisprudenz forderte: Studium der Geschichte der eignen Wissenschaft und Studium der Quellen in ihrer Reinheit, waren hier in vollem Umfange verwerthet. Das Buch wies sich gleichsam selbst seinen historischen Platz an, indem es damit begann, die lange Kette literarischer Leistungen darzulegen, welche zwischen ihm und dem ersten Wiedererwachen des Römischen Rechts zur Zeit der Glossatoren über dasselbe Thema zu Tage gefördert waren; zugleich aber auch bei den einzelnen wichtigeren Fragen sein inneres Verhältniß zu der bisherigen Entwicklung des Dogma rechtfertigte.

Die Neuheit und Frische der Anschauung zeigte, daß sie nicht aus den stagnirenden Sümpfen der herrschenden Literatur, sondern unmittelbar aus reinster, ursprünglichster Quelle geschöpft war. So verrieth sie die Art ihrer Entstehung, von welcher Savigny später (Vorrede zur 4. Aufl. 1822) selbst erzählte, daß eine unmittelbar aus den Quellen ausgearbeitete Vorlesung über die letzten zehn Bücher der Pandekten (im J. 1801) seine Aufmerksamkeit vorzüglich auf die Lehre vom Besitz gelenkt und ihm die Ueberzeugung begründet habe, daß gerade hier die herrschenden Begriffe und Meinungen aus den Quellen sehr berichtigt werden könnten.

Daher kommt denn der Verfasser auch zu einer ganz neuen und eigenthümlichen Art der Fragstellung. Während man bisher gewohnt war, die juristische Bedeutung des Besitzes durch Aufzählung aller erdenklichen juristischen und factischen Vortheile, die einem Besitzer zu Gute kommen können, zu erklären, fragt Savigny: welches sind die rechtlichen Folgen, welche nach der Anschauung der Römer den Besitz als Bedingung voraussetzen? Diese rechtliche Bedeutung, durch welche sich der juristische Besitz von seiner natürlichen Grundlage, der bloßen Innehabung oder Detention, unterscheidet, ist „das Recht des Besitzes," nach welchem er forscht.

Die Antwort auf seine Frage ergiebt sich ihm, indem er die systematische Gedankenfolge der Juristen, des prätorischen Edicts und der kaiserlichen Gesetzgebung aus unsern fragmentarischen Ueberlieferungen zu ermitteln sucht, dahin: daß als Wirkungen des reinen Besitzes nur die Usucapion des Civilrechts und der Schutz gegen Störung durch das prätorische Rechtsmittel der Interdicte anzusehen seien. Nur da, allein auch überall da, wo die eine oder andere Wirkung anerkannt sei, erkenne das Römische Recht das Dasein des juristischen Besitzes an. Um dies genauer nachzuweisen, wird die Terminologie untersucht und der Satz begründet, daß der Besitz, insofern er zur Usucapion, dem Institut des Civilrechts, diene, possessio civilis; insofern er den Interdictenschutz begründe, possessio schlechtweg heiße. Den Gegensatz zu Beiden bilde possessio naturalis, d. h. entweder blos die Negation des Usucapionsbesitzes — oder auch Negation des juristischen Besitzes überhaupt, unter Anerkennung des natürlichen Zustandes der Detention. Die Untersuchung wendet sich dann zu der weitern Frage, was denn nun die Voraussetzungen, die Elemente des juristischen Besitzes seien; wann also derjenige Zustand, nach Ansicht der Römer, vorhanden sei, welchen sie zur Voraussetzung der angegebenen Wirkungen machen: und dies führt auf die Frage vom Erwerb und Verlust des Befitzes, an welche sich später Untersuchungen über die Interdicte und die „jurium" quasi possessio anreihen.

Nachdem so auf Grundlage einer fundamentalen Quellenforschung die Anschauungen des Römischen Rechts in ihrer Reinheit festgestellt sind, erhält das Werk seinen Abschluß durch eine Betrachtung der Mobificationen, welche das Römische Recht in der neuen Gesetzgebung und Praxis erfahren. Durch diese, jenen Zeiten ungewohnte, Strenge der Scheidung des Alten und Neuen ward es allein möglich, in Beides mit voller Klarheit zu blicken. Hier nun zeigte sich aber auch, wie Manches von Dem, was man für gültiges Recht gehalten, nichts sei, als ein Mißverständniß des Römischen; während allerdings Anderes als eine wohlbegründete Fortentwicklung anerkannt werden mußte.

Somit lag denn nun ein mustergültiges Beispiel jener von Hugo geprebigten „historisch-systematischen" Methode vor. Die von ihm prophezeite Revolution hatte mit dieser That begonnen, und Niemand hegte darüber wohl größere Freude als Hugo selbst, wenn er ihr auch in seiner unbeholfenen und wunderlichen Weise nur einen sehr unvollkommenen Ausdruck zu geben wußte. (Gött. Anz. 1804 S. 289 ff.)

Doch ist die eigenthümliche Bedeutung des Savigny'schen Werkes nicht erschöpfend bezeichnet, wenn wir, wie bisher, dasselbe als eine Verwirklichung der Hugo'schen Wünsche betrachten. Es hat eine andere, gewöhnlich weniger beachtete Eigenschaft, durch die es die Grenzen des Hugo'schen Maaßes weit überschreitet, und gewiß nicht weniger epochemachend gewirkt hat: — es ist dies der gesunde und klare Blick, mit welchem der Verfasser das Gelehrte mit dem Praktischen versöhnt, indem er in den juristischen Gedanken das rein Natürliche erkennt und aufweist.

Am bedeutendsten tritt dies hervor in der Theorie vom Erwerb und Verlust des Besitzes. Die Vorgänge, welche das Römische Recht als Erwerbsarten des Besitzes behandelt, hatte man sich zum Theil nicht anders als symbolisch zu deuten gewußt. So sollte z. B. die Uebergabe der Schlüssel eines Hauses den Besitz der darin verschlossenen Sache deshalb bei dem Empfänger begründen, weil sie die Sache selbst im Symbol darstellten. Indem nun aber Savigny das natürliche Element in dem juristischen Begriffe des Besitzerwerbs darlegte, und dessen Vorhandensein in den Thatsachen nachwies, welche das positive Recht als Erwerbshandlungen anerkannte, befreite er nicht nur die Theorie von der nebelhaften Vorstellung symbolischer Traditionen; sondern wies dieselbe auch auf einen Weg gesunder Reflexion über die Natur der Sache, den sie fast ganz verloren hatte. Diese Art der Betheiligung des praktischen Verstandes an der juristischen Argumentation trat hier an die Stelle der üblichen Deductionen aus dem sogenannten Naturrechte. Eben weil es selten, und selbst dann nicht immer ohne Gewalt, gelingen wollte, die aus letzterem gewonnenen abstracten Sätze in Einklang zu bringen mit den Bestimmungen des positiven Rechts, so half man sich mit scheinbaren Erklärungen, wie eine solche z. B. die Annahme einer symbolischen Bedeutung von Vorgängen ist, die einen ganz reellen, nur nicht aufgedeckten, Sinn haben. Unter dem Einflusse nüchterner Betrachtung der realen Verhältnisse aber hat sich das Römische Recht wirklich entwickelt — nicht unter der Herrschaft naturrechtlicher Theorien: und es ist daher begreiflich, wie wesentlich das Verständniß auf jenem angedeuteten Wege gefördert werden mußte. Andererseits indeß liegt in dieser Seite des Savigny'schen Werks auch eine Abwendung von der philosophischen Behandlung des Rechts ausgesprochen, welche die Richtung der Folgezeit ebenso sehr charakterisirt, wie Savigny selber. Wo er allgemeinere Fragen behandelt, da geschieht es nach einer gewissen unmittelbaren Anschauung des Thatsächlichen und positiv Rechtlichen; zu selbständiger Speculation bringt er es nicht — und daher darf man wohl diejenigen Theile als mißlungen bezeichnen, in denen ohne jene nicht zum Ziel zu kommen war (vgl. Bruns, Recht des Besitzes. 1848. S. 411).

Von dem wichtigen Einflusse des geschilderten Werks ist es ein sichres, äußeres Zeichen, daß schon nach drei Jahren eine neue Auflage nothwendig geworden war, deren dann noch vier weitere (in den Jahren 1818, 1822, 1826 und 1836) gefolgt sind. Ganz richtig ist gesagt worden (Bruns, S. 410), daß die vielen Streitigkeiten über das Recht des Besitzes durch Savigny keinesweges zu einer Lösung und Entscheidung gebracht seien: allein der ungeheuere Einfluß, den sein Werk geübt, beruht nicht nur darauf, daß ein großer Theil seiner Ansichten in Theorie und Praxis dennoch den breitesten Eingang fanden; sondern vor Allem darauf, daß der Streit über die von ihm behandelten Fragen nun erst recht lebendig — zugleich aber in die ihm von Savigny angewiesenen Bahnen gelenkt wurde, von wo aus dann seine Methode in immer weiteren Kreisen die Herrschaft errang.

Mehr als ein Decennium verstrich, bis Savigny nach solchen ersten Erfolgen mit einer neuen bedeutenden Publication hervortrat. Wir benutzen diesen Ruhepunkt seiner äußeren Thätigkeit, uns etwas näher mit seiner Person bekannt zu machen.

Die Savigny'sche Familie stammt aus Lothringen und gehört wohl zu den von dem Grafen Philipp Ludwig von Hanau aufgenommenen Refugiés. Im Hanau'schen zählte sie zum höheren Beamtenstande und besaß den an der bayerschen Grenze gelegenen Hof Trages, ein schönes, in Gartenanlagen und Baustil von altem Wohlstand und französischem Geschmack zeugendes Gut. Savigny's Großvater war Regierungsdirector in Zweibrücken; sein Vater lebte als Vertreter mehrerer oberrheinischer Fürsten zu Frankfurt a. M., allwo unser Friedrich Carl am 21. Februar 1779 geboren ward.

Ueber die äußern Umstände seines ersten Jugendlebens berichtet uns Savigny selbst in dem von ihm der Marburger Juristenfacultät eingereichten vitae curriculum. Seine Anfangsgründe lernte er im elterlichen Hause durch Privatunterricht. Nach dem Tode der Eltern in das Haus des Assessor von Neurath in Wetzlar aufgenommen, vollendete er daselbst seine wissenschaftliche Vorbildung in derselben Weise und bezog darauf, zwei Jahre später, 1795, die Universität Marburg. Hier hörte er bei Erxleben und Weis Pandekten; außerdem bei Robert und Bauer. Von Marburg wandte er sich nach Göttingen, um dort Bitter, Runde und Meister zu hören. Auf einen abermaligen Aufenthalt in Marburg folgte eine Reise, auf der er den Universitäten Jena, Leipzig und Halle einen Besuch abstattete, und nach dieser Reise die Habilitation in Marburg.*)

---

*) Der Wortlaut des curriculum, wie wir ihn gütiger Mittheilung verdanken, ist folgender: Ego Fridericus Carolus de Savigny natus sum Francofurti anno

Die Doctorwürde ward ihm am 31. October 1800 übertragen; und bald nachher trat er als akademischer Lehrer an der Universität Marburg auf. Wiederholt hat er den Einfluß dankbar gerühmt, den in diesen Jahren sein Lehrer, der Professor Weis in Marburg, auf seine wissenschaftliche Richtung ausgeübt habe. Dagegen stand er zu Hugo, welcher nicht, wie oft irrthümlich behauptet wird, sein Lehrer gewesen, bis nach dem Erscheinen seines „Recht des Besitzes" in keiner nähern persönlichen Beziehung; „aber seine Schriften," sagt Savigny selbst, „haben auf mich gewirkt, belehrend, anregend zu eignem Denken und Forschen, wie keine andern. Als ich dann selbst als Schriftsteller auftrat, hat er mich durch die freundlichste Anerkennung meiner Leistungen ermuthigt." (Savigny, der 10. Mai 1788, Zeitschr. f. Gesch. R. W. Bd. 9 S. 431.)

Im Jahre 1804 vermählte sich Savigny mit Kunigunde Brentano, die ihm bis an seinen Tod die treueste Gefährtin geblieben ist. Seit langen Zeiten bestanden freundliche Beziehungen zwischen beiden Familien, und schon in frühen Jahren war Savigny häufig bei den Brentano's in Rödelheim, unweit Frankfurt, zu sehen. Auf die ersten Zeiten der jungen Ehe fällt ein anmuthiger Schimmer aus den Briefen Bettina's an die Günderode. Wir sehen Savigny im fröhlichen Ver-

MDCCLXXIX, patre Christiano Carolo Ludovico de Savigny qui a nonnullis principibus ad locum eorum in conventu statuum circuli Rhenani superioris tenendum in hanc urbem missus erat. Ibi privato magistro usus sum in odiscendis litteris humanioribus. Post mortem parentum in domum ill. Dom. de Neurath, supremi tribunalis quod Wetzlariae est Assessoris, receptus idem discendi genus continuavi. Biennio elapso, anno MDCCXCV Marburgum me contuli, ibique praestantissimorum in jure docendo virorum praelectiones audivi. Ill. Erxleben et ill. Weis Pandectas mihi tradiderunt, ill. Erxleben et ill. Robert processum communem, ill. Bauer jus germanicum privatum: praeterea collegium practicum ill. Roberti frequentavi. His summis viris me debere sentio gratias maximas, meritas persolvere nunquam potero. Postea academiam Göttingensem petii, ibique in jure publico ill. Pütterum, in jure feudali ill. Rundium, in jure criminali ill. Meisterum magistros habui. Deinde Marburgi rursus commoratus, tandem in Saxoniam iter feci, pluresque academias (Jenensem praesertim, Lipsiensem et Halensem) adii. Jam ex hoc itinere Marburgum reversus ad facultatem juridicam me converto, ea qua decet observantia rogans, ut qui singuli tanta in me beneficia contulerunt, nunc universi summos in jure honores mihi concedere, eoque modo me rursus sibi adstringere velint.

sehr mit seiner von poetischem Uebermuth und Lebenslust sprudelnden Schwägerschaft: „Es schleicht ein Tag nach dem andern so anmuthig vorüber," schreibt Bettina, „und der Savigny ist so anmuthig und kindisch, daß wir ihn nicht verlassen können, alle Augenblicke hat eins ihm ein Geheimniß anzuvertrauen, der führt ihn in den Wald, der andere in die Laube, und die Gundel muß sich's gefallen lassen, und Gescheutsein ist gar nicht Mode. Der Clemens hat ihm schon ein paar Wände mit abenteuerlichen Figuren vollgemalt, und Verse und Gedichte werden mit schwarzer Farbe an alle Wände groß geschrieben." — „Wie wir hier (auf Trages) leben," heißt es an einer andern Stelle, „das will ich Dir erzählen. Morgens kommen wir alle im Schlafzimmer von Savigny's zusammen. Da wird gegalert und ein bischen Krieg mit Kopfkissen und Rouleaux geführt, und im Nebenzimmer wird gefrühstückt dabei. Wir nehmen uns zwar sehr in Acht, den großen Savigny zu treffen; aber er ist gescheut, wenn's Gefecht heiß wird, zieht er sich zurück."

Indeß scheint Savigny an den ausgelassenen Thorheiten seiner Schwägerin auf die Länge kein sonderliches Gefallen empfunden zu haben. Aus Marburg schreibt Bettina: „Eh' wir abreisten, hatte ich noch manchen Kampf mit den Andern, man war nicht einig, ob ich dem Savigny nicht lästig sein würde, weil man glaubt, und gewiß weiß, daß er nichts auf mich hält. Ich halte nun eben auch nichts Besonderes von mir; ich hab ihn immer noch wie sonst lieb, und so scheu' ich mich gar nicht, mit ihm zu leben, obschon er einen Widerwillen gegen meine Natur zu haben scheint."

Wunderbare Gegensätze waren in der That durch diese Verbindung des protestantischen und gemessenen Savigny mit den katholischen und excentrischen Brentano's zusammengeführt. Zwar mit seinem Schwager Clemens und der Romantik, welche dieser damals repräsentirte, hatte Savigny die ehrfürchtige Hinneigung zu den individuellen Gestaltungen der Geschichte, die Abwendung von der nivellirenden Tendenz des verflossenen Jahrhunderts, gemein — jene erste Grundlage alles historischen Sinnes. Allein während die Genialität des Clemens und seiner Schwester Bettina sich einem zügellosen Spiel der Laune überläßt und in gestaltlosen Erzeugnissen einer unbändigen Phantasie austobt: sehen wir Sa‌vigny von Jugend an mit klarem Bewußtsein auf ein bestimmtes Ziel objectiver Erkenntniß zustreben; die eigne Individualität, welche bei jenen stets der eigentliche Gegenstand ihres Denkens und Dichtens ist, in den Dienst der Arbeit zwingen, in Allem, was er treibt und sagt, die Subjectivität zurückdrängend, um das Object der Erkenntniß in möglichster Reinheit und Einfachheit hervortreten zu lassen. Durch sein ganzes Wesen geht ein schönes Ebenmaaß und jene anmuthige Würde, zu welcher in grellem Gegensatze steht der ausgelassene Uebermuth des „Kindes," das in Marburg, und später in Landshut, sein wohl nicht immer angenehmer Hausgenosse war.

Nachdem Savigny einige Jahre als akademischer Lehrer mit den glücklichsten Erfolgen gewirkt hatte und zum außerordentlichen Professor befördert war, trug ihm die badische Regierung die Professur des Civilrechts in Heidelberg an, welches dort von dem Professor Gamsjäger vertreten wurde, der dazumal Rechtsgeschichte und Pandekten „in tabellarischer Art, mit Bezug auf das pfälzische Landrecht und auf die seit 1803 gnädigst erlassenen Verordnungen" lehrte! Eine Regeneration der Universität, insbesondere der juristischen Facultät war von der Regierung als nothwendige Aufgabe erkannt und kräftig begonnen. Savigny konnte zwar, mit andern Plänen beschäftigt, das ihm angebotene Lehramt nicht übernehmen; er hat jedoch mit Eifer und Vorliebe für die Wiedergeburt Heidelbergs gewirkt und ist wohl von entscheidendem Einflusse gewesen auf die Berufung Heise's von Göttingen und Thibaut's von Kiel, mit denen die glänzende Periode der Heidelberger Juristenfacultät beginnt. (v. Bippen, G. A. Heise's Leben S. 117 ff.)

Der Grund, die Berufung nach Heidelberg abzulehnen, lag für Savigny in dem festgestellten Plane einer mehrjährigen, wissenschaftlichen Reise. Unter der Anregung und Förderung seines Lehrers, des Professor Weis, über dessen Person Bettina's Briefe einige anziehende Mittheilungen enthalten, war bei ihm der Plan eines größeren literargeschichtlichen Werks gereift, welches auf einer umfassenden Benutzung der in den größeren und kleineren Bibliotheken zerstreuten Materialien sich gründen sollte.

Die Reise erstreckte sich auf einen großen Theil Deutschlands und führte ihn im Jahre 1805 nach Paris, wo er längere Zeit mit seiner jungen Frau und zwei Kindern lebte. Auf seinen Wunsch war ihm zu gelehrter Hülfsleistung dahin gefolgt sein treuer Schüler und jugendlicher Freund Jacob Grimm, der seiner frühen Verbindung mit Savigny in der Vorrede zu seiner deutschen Grammatik dankbar gedenkt. „Gott weiß," sagt er, „und thut stets das Beste. Als nach dem frühen Tode des Vaters und dem Absterben beinahe aller Verwandten, der liebsten seeligen Mutter unermüdliche Sorge nicht mehr übersah, was aus uns fünf Brüdern werden sollte, und ich, mir selbst überlassen, in Manchem verabsäumt, doch voll guten Willens, redlich mein vorgesetztes Studium zu betreiben, nach Marburg kam; da fügte es sich, daß ich Ihr Zuhörer wurde und in Ihrer Lehre ahnen und begreifen lernte, was es heiße, etwas studieren zu wollen, sei es die Rechtswissenschaft oder eine andere. Auf die Erweckung folgte bald nähere Bekanntschaft mit Ihnen, deren liebreichen Anfang ich niemals vergesse und woran sich mehr und mehr Fäden knüpften, die von dieser Zeit an bis jetzo auf meine Gesinnung, Belehrung und Arbeitsamkeit unveränderlichen Einfluß behauptet haben."

Es ist bekannt, daß der Anfang des Pariser Aufenthalts durch ein Unglück der seltsamsten und zugleich empfindlichsten Art bezeichnet wurde. Nahe vor der Stadt, oder vielleicht in den Straßen selbst, ward den Reisenden ein Koffer vom Wagen entwendet — und zwar gerade derjenige, welcher die Collectaneen Savigny's enthielt! Alle Nachforschungen blieben erfolglos, und die Frucht jahrelanger Studien, die Grundlage der in Paris beabsichtigten Forschungen, war unwiederbringlich verloren, soweit sie nicht im Gedächtniß des Forschers selber einen sicheren Platz gefunden hatte. Man würde es jedem Gelehrten verzeihen, wenn ihn ein solcher Verlust in einen der Verzweiflung ähnlichen Gemüthszustand versetzte, zumal wir bei unsern Gelehrten am wenigsten Heldennaturen zu erwarten gewohnt sind. Von Savigny wird uns erzählt, daß er keinen Augenblick die ruhige Fassung verloren, und sogleich in freundlichster, klarster Weise bedacht und angeordnet habe, wie nun, unter den so veränderten Umständen, die

Studien wieder aufzunehmen seien. Mit erneuter Anstrengung ist so der Schade ausgeglichen worden, und an dem vollendeten Werke vermag das kundigste Auge keine Lücke verlorener Bausteine zu entdecken.

Im Jahre 1808 folgte Savigny einer Berufung nach Landshut. Die bayrische Regierung machte damals ehrenwerthe Anstrengungen zur Hebung dieser Hochschule. Wenig Jahre nach einander wirkten an derselben die beiden Männer, welche wir in ihren Gebieten als die größten Rechtslehrer dieses Jahrhunderts betrachten müssen: Feuerbach und Savigny.

Die Annales Ingolstadienses (fortgesetzt für Landshut und München von Permaneder) P. V. p. 292 berichten aus dem Jahre 1808: „In vacuam per ejus abitum Juris Romano-civilis cathedram perillustris Fr. Car. de Savigny suffectus est. Is — — die decimo tertio Maji hujus anni Landishutum arcessitus et cum annuo trium milium florenorum stipendio, florenis autem mille et quingentis pro transmigratione numeratis, regius Consiliarius aulicus atque juris civilis Romani Professor p. o. designatus est, addita speciali promissione, ut post biennium, si forte Landishutum minus sibi gratum foret, aliam eligendi Academiam haberet potestatem."

Savigny's Aufenthalt in Landshut war nur von kurzer Dauer. Schon im Frühjahr 1810 folgte er einer Berufung nach Berlin. „Decimo septimo Aprilis — sagen die oben citirten Annalen p. 314 — clarissimus Fridericus Carolus de Savigny, regius Consiliarius aulicus et Jurium Professor p. o. ad supplices preces suas ab Universitate Ludovico-Maximilianea clementissime dimissus est. Magnam sane per ejus abitum alma nostra Academia jacturam fecit; fuit enim vir humanissimus aeque ac doctissimus, carus omnibus qui noverunt eum. Secunda Maji ad meridiem urbi nostrae valedixit, et per Vindobonam Berolinum profectus est, insigne inde ab hoc tempore futurus illius Universitatis ornamentum."

Aus der Zeit seines Aufenthaltes in Landshut besitzen wir ein anmuthiges Zeugniß über sein unmittelbar persönliches Wirken als akademischer Lehrer, das sich dem dankbaren Bekenntnisse Jacob Grimm's ergänzend anschließt, und um so unverwerflicher ist, als es von seiner ihm sonst so wenig homogenen Schwägerin **Bettina** herrührt. Sie schreibt (Briefwechsel Göthe's mit einem Kinde Bd. 2) am 21. October 1809: „Indessen geht man an schönen Tagen hier weit spazieren mit einer liebenswürdigen Gesellschaft, die sich an Savigny's menschenfreundlicher Natur ebenso erquickt wie an seinem Geist." Und am 20. Mai 1810: „Landshut war mir ein gedeihlicher Aufenthalt, in jeder Hinsicht muß ich's preisen. Heimathlich die Stadt, freundlich die Natur, zuthunlich die Menschen, und die Sitten harmlos und biegsam; — kurz nach Ostern reisten wir ab, die ganze Universität war in und vor dem Hause versammelt, viele hatten sich zu Wagen und zu Pferde eingefunden, man wollte nicht so von dem herrlichen Freund und Lehrer scheiden, es ward Wein ausgetheilt, unter währendem Vivatrufen zog man zum Thor hinaus, die Reiter begleiteten das Fuhrwerk, auf einem Berge, wo der Frühling eben die Augen aufthat, nahmen die Professoren und ernsten Personen einen feierlichen Abschied, die andern fuhren noch eine Station weiter, unterwegs trafen wir alle Viertelstunden noch auf Parthien, die dahin vorausgegangen waren, um Savigny zum letztenmale zu sehen; ich sah schon eine Weile vorher die Gewitterwolken sich zusammenziehen, im Posthause drehte sich einer um den andern nach dem Fenster, um die Thränen zu verbergen." — Und weiter am 26. Mai: „Von da (Salzburg) ging die Reise nach Wien, es trennten sich die Gäste von uns, bei Sonnenaufgang fuhren wir über die Salza, hinter der Brücke ist ein großes Pulvermagazin, hinter dem standen sie alle, um Savigny ein letztes Vivat zu bringen, ein jeder rief ihm noch eine Betheuerung von Lieb' und Dank zu. Freiberg, der uns bis zur nächsten Station begleitete, sagte: wenn sie nur alle so schrieen, daß das Magazin in die Luft sprengte, denn uns ist doch das Herz gesprengt; und nun erzählte er mir, welch' neues Leben durch Savigny aufgeblüht war, wie alle Spannung und Feindschaft unter den Professoren sich gelegt oder doch sehr gemildert habe; besonders aber sei sein Einfluß wohlthätig für die Studenten gewesen, die weit mehr Freiheit und Selbstgefühl durch ihn erlangt haben. Nun kann ich Dir auch nicht genug beschreiben, wie groß Savigny's Talent ist, mit jungen Leuten umzugehen; zuvörderst fühlt er eine wahre Begeisterung für ihr Streben, ihren Fleiß; eine Aufgabe, die er ihnen macht, wenn sie gut behandelt wird, so macht sie ihn ganz glücklich, er mögte gleich sein Innerstes mit Jedem theilen, er berechnet ihre Zukunft, ihr Geschick, und ein leuchtender Eifer der Güte erhellt ihnen den Weg, man kann von ihm wohl in dieser Hinsicht sagen, daß die Unschuld seiner Jugend auch der Geleitsengel seiner jetzigen Zeit ist, und das ist eigentlich sein Charakter, die Liebe zu denen, denen er mit den schönsten Kräften seines Geistes und seiner Seele dient, ja, das ist wahrhaft liebenswürdig, und muß Liebenswürdigkeit nicht allein Größe bestätigen? — diese naive Güte, mit der er sich allen gleichstellt bei seiner ästhetischen Gelahrtheit, macht ihn doppelt groß."

Bettina's Schilderung zeigt uns, wie Savigny in seiner eignen Person die edle Anschauung von dem Berufe des akademischen Lehrers verkörpert, welche er selbst wiederholt mit Worten dargelegt hat. So schrieb er u. A. noch in späten Jahren an einen ehemaligen Schüler (Berlin am 29. Nov. 1850; an v. Scheurl): „Es ist ein schöner Beruf, den uns Beiden Gott angewiesen hatte, der Beruf des Universitätslehrers. Die Ausbreitung der Wirksamkeit hängt dabei von vielen Zufälligkeiten ab, und in ihr liegt das Wesen der Sache nicht. Dieses liegt vielmehr in dem Ernst und der Liebe, womit jener edle Beruf ergriffen und geübt wird, einer Liebe, die sich auf die Schüler verbreitet, und in diesen, wo sie nur immer Empfänglichkeit findet, geistiges Leben weckt und nährt. So wird in diesem Beruf, noch mehr als in manchem anderen, die große und allgemeine Wahrheit sichtbar, daß der wahre und wesentliche Erfolg menschlicher Thätigkeit vorzugsweise von sittlichen Kräften abhängt, deren Reinheit und Energie höher gestellt werden muß, als das oft weit mehr scheinbare und gepriesene Talent."

Savigny's Lehrgabe, und zwar nicht blos das, was man gewöhnlich den akademischen Vortrag nennt, ist nach allen Zeugnissen die glänzendste gewesen. Seine schöne, äußere Erscheinung, seine edle, fließende Sprache, die ruhige, klare Folge und Entwickelung seiner Gedanken, sind unstreitig die äußern und formalen Eigenschaften, welche ihn zu einer idealen Figur auf dem Katheder erhoben. Allein die Liebe seiner Schüler zu ihm, welche aus Bettina's Schilderungen uns so rührend anspricht, der außerordentliche Erfolg, welcher sich an sein Auftreten in Berlin knüpfte, erklärt sich aus diesen Eigenschaften nicht. Wäre schon damals wahr gewesen, was aus späteren Zeiten von seinen Vorträgen gesagt wird, daß zwar der Zuhörer mit Bewunderung über den Inhalt und die Form ihnen aufmerksam gefolgt, aber nicht durch sie innerlich erwärmt worden sei — schwerlich würde seine Bedeutung als Lehrer zu jener Höhe gestiegen sein. Allein Savigny war damals noch ganz von jenem jugendlichen Feuer der Begeisterung innerlichst durchglüht, die bei seinen Schülern dieselbe Wärme für den Gegenstand und für den Lehrer selbst erweckte. Denn gewiß läßt sich nicht scheiden zwischen diesen beiden Empfindungen, wo nachhaltige, große Erfolge erzielt werden sollen. Die Liebe zum Gegenstande erweckt Liebe zum Lehrer — und für den Gegenstand wird nur der Lehrer das jugendliche Gemüth entzünden, der sich mit vollem, warmem Herzen ihm selber hingiebt.

Allerdings war Savigny's Natur zur Objectivität angelegt, und es beruht hierin zum nicht geringen Theil die Classicität seiner wissenschaftlichen Leistungen. Allein so leicht auch die Objectivität den Eindruck der Kälte und persönlichen Gleichgültigkeit macht, und wirklich zu ihr führt — es giebt eine Art objectiver Behandlung wissenschaftlicher Stoffe, in der wir doch den innigen, warmen Antheil durchfühlen, den das Individuum selber an seinem Gegenstande nimmt. Und eben dies Element, welches dem mündlichen Vortrage niemals fehlen darf, tritt uns in Savigny's früheren Schriften überall wohlthuend entgegen. —

So anziehend es sein würde, Savigny auf die neugegründete Hochschule zu Berlin zu begleiten, ihn als die schon anerkannte erste Größe in seiner Wissenschaft in den Kreis edler und ausgezeichneter Gelehrten eintreten zu sehen; in die wunderbar innerlich concentrirten Stimmungen, in denen sich unter dem entsetzlichen Drucke der Verhältnisse die geistige Kraft erzeugte, der Preußen und Deutschland seine Rettung verdankt: so müssen wir uns doch die Freude näheren Eingehens versagen und die Schilderung einem späteren Biographen überlassen, dem ein reicheres Material zu Gebote steht. Nur an einige persönliche Beziehungen soll hier erinnert werden.

Im ersten Winter des Bestehens der Berliner Hochschule eröffnete auch Niebuhr, „der Geschäfte entbunden, die ihn bisher der Wissenschaft allein zu leben gehindert hatten," seine Vorlesungen über die römische Geschichte, aus denen dann sein epochemachendes Werk hervorging. Schon aus den Herbsttagen schreibt Niebuhr über die ersten persönlichen Berührungen mit Savigny: „Wir haben Savigny in diesen letzten Wochen einige Male gesehen. Er scheint mir sehr gewogen und wir werden uns gewiß näher kommen, wenn wir uns länger kennen. Die Frau ist sehr lebhaft, und gefällt" (Niebuhr, Lebensnachrichten S. 480). Als nun die Vorlesungen ihren Anfang nahmen, ist Savigny neben Schleiermacher, Ancillon, Spalding, Nicolovius u. A. unter den Zuhörern. „Savigny's Aufmerksamkeit," schreibt Niebuhr an die Hensler am 9. November 1810, „und seine Aeußerungen, daß ich eine neue Epoche für die römische Geschichte anfange, giebt mir natürlich noch mehr Eifer, Untersuchungen in ihrem ganzen Umfange zu verfolgen, welche man sonst leicht auf halbem Wege liegen läßt, sobald man das Ziel bestimmt erblickt hat, und sich dann nach etwas Neuem umsieht."

So sehen wir Savigny befruchtend einwirken auf das Werden dieses großartigen Werks, das für alle Zeiten ein Stolz unserer Nation bleiben wird. Dankbar bezeugte es Niebuhr öffentlich, als im folgenden Jahre der erste Band erschien, daß er sich ohne Savigny, Buttmann, Heindorf und den inzwischen verstorbenen Spalding „wohl nie zu diesem Werk ermuntert gefühlt hätte, ohne ihre liebende Theilnahme und belebende Gegenwart es schwerlich ausgeführt wäre." Und als nach fünfzehn Jahren die Umarbeitung des ersten Bandes der römischen Geschichte in die Oeffentlichkeit trat, erklärte Niebuhr die Verzögerung dieser Arbeit mit folgenden Worten: „Ich lebte aber inzwischen in Italien und lebte in Rom zu sehr im Schauen und Wahrnehmen, um mit Lust in Büchern zu arbeiten: auch glaubte ich, das einst genossene Glück nicht entbehren zu können, wo im Gespräch mit Savigny der entscheidende Punkt licht hervortrat, und es mir so leicht war Manches zu erfragen, so belebend den nur noch halb erschienenen Gedanken zu vollenden und zu prüfen."

Für das deutsche Recht ward im Jahre 1811 Carl Friedrich Eichhorn von Frankfurt a. O. nach Berlin versetzt, nachdem er schon 1808 den ersten Band seiner deutschen Staats- und Rechtsgeschichte herausgegeben hatte. So standen und wirkten nun neben einander im regsten persönlichen Verkehre die drei Männer, von denen jeder in seinem Gebiete eine neue Aera der Wissenschaft einzuleiten bestimmt war, und zwar in einer Zeit, welche, indem sie den Blick von den traurigen Zuständen der Gegenwart zurückdrängte, recht eigentlich dazu geschaffen war, das Auge für die Zustände der Vergangenheit zu schärfen und die Gedanken mit Liebe bei dieser verweilen zu lassen. Es ist nicht zu berechnen, wie viel dem persönlichen Austausch der Gedanken nicht nur für die Erkenntniß des Einzelnen, sondern mehr noch für die Ausbildung, Abklärung und Feststellung der allgemeinen Gesichtspunkte zu danken ist: und Savigny hat später, als er die Frucht langjähriger Studien in seinem ersten Bande der Geschichte des Römischen Rechts im Mittelalter veröffentlichte, rühmend und dankbar der glücklichen Förderung gedacht, welche ihm durch die Theilnahme Niebuhr's und Eichhorn's an seinen eignen Forschungen zu Theil geworden ist.

Wir übergehen die Zeiten der Erhebung des preußischen, des deutschen Volks, welche auch Savigny's Herz mit warmer Begeisterung erfüllten, wenn er auch nicht, gleich seinem Freunde Eichhorn, selber in die Reihen der Kämpfenden eintrat. Erst nach dem Siege der deutschen Waffen griff er — mit einer wissenschaftlichen That — in die Entwickelung der Dinge ein. —

Im Jahre 1814 nämlich, als nach der Einnahme von Paris in den Deutschen der Glaube an die Zukunft des eignen Volks wieder festen Boden gewonnen, und nun die Fragen, wie diese zum Heile zu gestalten sei, sich gewaltig hervordrängten, erschien die Schrift von Thibaut: „über die Nothwendigkeit eines allgemeinen bürgerlichen Gesetzbuchs für Deutschland," welche für Savigny die Veranlassung wurde, die allgemeinen, principiellen Gedanken über Recht und Rechtswissenschaft an einer bestimmten praktischen Frage vor der Oeffentlichkeit darzulegen.

„Im Jahre 1814," — erzählt Thibaut selbst 1838 (im Archiv f. civilist. Praxis Bd. 21 S. 391 ff.) — „als ich viele deutsche Soldaten, welche auf Paris marschiren wollten, mit frohen Hoffnungen im Quartier hatte, war mein Geist sehr bewegt. Viele Freunde meines Vaterlandes lebten und webten damals mit mir in dem Gedanken an die Möglichkeit einer gründlichen Verbesserung unseres rechtlichen Zustandes, und so schrieb ich — höchstens nur in vierzehn Tagen — recht aus der vollen Wärme meines Herzens eine kleine Schrift über die Nothwendigkeit eines allgemeinen bürgerlichen Rechts für Deutschland, worin ich zu zeigen suchte: unser positives Recht, namentlich das Justinianische, sei weder materiell noch formell unsern jetzigen Völkern anpassend, und den Deutschen könne nichts heilsamer sein, als ein, durch Benutzung der Kräfte der gebildetsten Rechtsgelehrten verfaßtes bürgerliches Recht für ganz Deutschland, wobei aber doch jedes Land für das Wenige, was seine Localität erfordere, seine Eigenheiten behalten möge."

In der That mit voller Wärme des Herzens war diese Schrift verfaßt; die tapfere, tüchtige, treue Gesinnung eines ächten Vaterlandsfreundes tritt uns auf jedem Blatte entgegen. Mit treffenden Worten werden die Schwächen und Verkehrtheiten des Justinianischen Rechts, die Gefahren des verwickelten Bestandes unseres positiven Rechts dargelegt, der nationale Gewinn geschildert, den wir von einem einfachen, verständlichen, unserm Geiste und Bedürfnisse ganz entsprechenden Gesetzbuche zu hoffen haben; mit dem ernstesten Nachdruck aber auch vor aller particularistischen Spaltung in der Arbeit der Gesetzgebung gewarnt: die Verschiedenheiten der deutschen Stämme seien nicht erheblich genug, um solche Absonderung zu rechtfertigen, die auf der andern Seite nur dazu diene, um alle Keime des Kleinlichen und Armseligen im deutschen Charakter zu üppigster Blüthe zu entfalten.

„Savigny," schreibt Niebuhr am 1. November 1814 an die Hensler, „hat eine der Thibaut'schen Schrift ganz entgegengesetzte geschrieben: er hat nach meiner Meinung sehr zart und milde gegen Thibaut geschrieben und mit Wärme das Verdienst seiner Opposition gegen die Einführung des Code Napoléon anerkannt. Ich wollte, daß Jemand Thibaut zur Ruhe reden könnte. Mir ist dieser Streit schmerzlich."

Die erwähnte Schrift erschien, zehn Bogen stark, unter dem Titel: „Vom Beruf unserer Zeit für Gesetzgebung und Rechtswissenschaft." Schmerzlich konnte der darin angefachte Streit wohl Niebuhr sein, weil er zwei ihm persönlich nahe befreundete Männer, die bisher in gegenseitiger Anerkennung ihres wissenschaftlichen Verdienstes zusammen gestanden hatten, und einander in treuer patriotischer Gesinnung nichts nachgaben, in einen scharf ausgesprochenen Gegensatz stellte, wenn ihn auch Savigny in der mildesten Weise einleitete.

„Es giebt," sagt Savigny in der Einleitung, „einen zwiefachen Streit, einen feindlichen und einen friedlichen. Jenen führen wir, wo wir Ziel und Zweck verwerflich finden, diesen, wo wir Mittel suchen zu gemeinsamen löblichen Zwecken. Jener wäre auch jetzt — — an seiner Stelle, wenn Einer behaupten wollte, jetzt sei die rechte Zeit, wo alle einzelne Staaten Deutschlands sich fest abschließen müßten: dazu sei auch das Recht gut zu gebrauchen, und jede Regierung müsse für ein recht eigenthümliches Gesetzbuch sorgen, um auch hierin alles Gemeinsame aufzuheben, was an den Zusammenhang der Nation erinnern könnte. Diese Ansicht ist nichts weniger als willkürlich ersonnen, vielmehr sind ihr manche Regierungen offenbar günstig: wohl aber hindert eine gewisse Scheu, sie jetzt laut werden zu lassen, und ich wüßte nicht, daß sie in Schriften für das bürgerliche Recht benutzt worden wäre. Ganz anders ist es mit den Vorschlägen, die bis jetzt für dieses kund geworden sind, denn mit ihnen ist, wo wir nicht überein stimmen, ein friedlicher Streit möglich, und ein solcher führt, wo nicht zur Vereinigung der Streitenden, doch zu besserer Einsicht im Ganzen."

Zum Schlusse faßt Savigny den Gegensatz der Ansichten mit folgenden Worten zusammen: „In dem Zweck sind wir einig: wir wollen Grundlage eines sicheren Rechts, sicher gegen Eingriff der Willkür und ungerechter Gesinnung; desgleichen Gemeinschaft der Nation und Concentration ihrer wissenschaftlichen Bestrebungen auf dasselbe Object. Für diesen Zweck verlangen Sie ein Gesetzbuch, was aber die gewünschte Einheit nur für die

Hälfte von Deutschland hervorbringen, die andere Hälfte dagegen schärfer als vorher absondern würde. Ich sehe das rechte Mittel in einer organisch fortschreitenden Rechtswissenschaft, die der ganzen Nation gemein sein kann. Auch in der Beurtheilung des gegenwärtigen Zustandes treffen wir überein, denn wir erkennen ihn beide für mangelhaft. Sie aber sehen den Grund des Uebels in den Rechtsquellen, und glauben durch ein Gesetzbuch zu helfen: ich finde ihn vielmehr in uns, und glaube, daß wir eben deshalb zu einem Gesetzbuch nicht berufen sind."

Ausgehend von dem Gedanken, daß das Recht nicht willkürlich gemacht, sondern organisch vom Volke erzeugt werde, erkennt Savigny die richtige Aufgabe der Gesetzgebung nur darin, das gewordene Recht zu sammeln, zu sichten und zu fixiren. Wenn nun aber zur würdigen Lösung dieser Aufgabe eine tiefe historische Erkenntniß die erste Vorbedingung sei, so fehle mit ihr der gegenwärtigen Zeit der Beruf, das Werk in die Hand zu nehmen; eine höhere Entfaltung der Rechtswissenschaft müsse vorangehen; und da der Anlauf hierzu bereits begonnen habe, so sei alle Kraft der Nation auf diesen Punkt gemeinsamen Strebens zu richten.

Die geschichtliche Bedeutung dieses Streits liegt nicht in seinem unmittelbar praktischen Gegenstande und Erfolge. Zwar hat er wohl dazu beigetragen, ein in seiner Idee sehr schönes nationales Werk zu verhindern: allein, wenn wir die Armseligkeit und Gemeinheit, mit welcher nach gewonnener äußerer Sicherheit die inneren deutschen Angelegenheiten betrieben wurden, uns vergegenwärtigen, so werden wir wohl zugeben, daß dies große nationale Werk auch ohne jenen Streit mit allen anderen im Sumpfe der Reaction stecken geblieben sein würde. Zwar bot die Autorität Savigny's den Böswilligen eine sehr willkommene Schutzwehr gegen den Andrang nationaler Forderungen. Allein auf der anderen Seite trug sie denn doch auch das Ihrige dazu bei, der particularistischen Absonderung in der Gesetzgebung Hindernisse in den Weg zu stellen: denn wer sich gegen das von Thibaut vertretene Streben auf Savigny's Gründe berief, konnte nicht gleichzeitig die armseligen Unternehmungen befördern, über deren Verwerflichkeit die beiden Gegner mit gleich klaren und kräftigen Worten sich ausgesprochen hatten.

Das geschichtlich Bedeutende des Streits liegt vor Allem darin, daß durch ihn der Gegensatz zweier wissenschaftlichen Anschauungen über die Entstehung des Rechts und seine Stellung zum Leben der Völker zum Bewußtsein gebracht und ein Kampf begonnen wurde, in dessen Führung die sogenannte historische Schule heranwuchs und erstarkte.

Eben dies war es, was in den Gegensatz zwischen Thibaut und Savigny, so milde er auch von Letzterem dargelegt wurde, eine Bitterkeit mischte: daß Ersterer empfinden mußte, wie es sich hier um eine Negirung seines ganzen wissenschaftlichen Standpunktes handelte; daß eine wissenschaftliche Kraft neben ihm erwachsen war, der er sich bisher im Kampfe gegen die abgeschmackten Vorgänger verbunden gefühlt hatte, die nun aber im Begriff stand, ihm selber den Boden unter den Füßen zu entziehen.

Thibaut, ein Mann voll Geist und feiner Bildung, voll Scharfsinn und Gelehrsamkeit, war eine praktische, klare, juristische Natur; unübertrefflich, wo es die Auslegung, Anwendung, logische Gliederung und gesetzgeberische Fragen über die zweckmäßige Fortbildung des Rechts galt.

Allein, gleich Feuerbach, ein ächter Sohn des achtzehnten Jahrhunderts, wurzelte seine Anschauungsweise noch ganz in den herkömmlichen Vorstellungen von einer nach gewissen allgemeinen Postulaten herzustellenden Vollkommenheit der menschlichen Verhältnisse, wenn er auch als kluger, würdiger und erfahrener Mann nicht alle daraus zu ziehenden und wirklich gezogenen Folgerungen billigte.

Das Gewordene und Bestehende hatte nach der bisher auch unter den Juristen geläufigsten Anschauungsweise, als solches, von einem höheren Standpunkte aus, keine innere Berechtigung; sondern nur soweit auf fortdauernde Geltung einen Anspruch, als es sich vor den allgemeinen Principien verantworten konnte. Auch das Recht eines Volks war nach diesem Maaße zu messen und zu wägen: und wenn man auch Montesquieu darin beistimmte, daß Zeit, Ort und Volkscharakter Verschiedenheiten des Rechts bedingten, so schienen dies doch nur thatsächliche Momente zu sein, welche das von der Gesetzgebung zu berücksichtigende Bedürfniß bestimmten. Von der Vorstellung eines absoluten, für alle Nationen und Zeiten vollkommenen Rechts war man freilich zurückgekommen; allein das Ideal der Rechtsbildung war und blieb ein „weiser Gesetzgeber," dem es gelänge, jene besonderen Bedürfnisse mit den Principien des Naturrechts zu versöhnen, so daß es nur auf die Macht und richtige Einsicht anzukommen schien, um den jedesmal wünschenswerthen Rechtszustand herzustellen.

Unter dem Einfluß dieser Anschauungsweise sind die Gesetzbücher der beiden größten Männer des vorigen Jahrhunderts unternommen worden; und wenn auch die Erfahrungen, welche man an beiden in Deutschland zu machen Gelegenheit gehabt hatte, nicht die günstigsten gewesen waren, so schien der Grund des unvollständigen Gelingens nur in der allen menschlichen Dingen anhaftenden Unvollkommenheit zu liegen. Hatte doch selbst der geistreichste und einsichtigste Gegner der preußischen Codification, Joh. Georg Schlosser, in seinen Briefen über die Gesetzgebung (Frankfurt 1789 S. 80) seinen allgemeinen Widerspruch im Wesentlichen nur darauf begründet, „daß wir noch nicht weise genug seien, um ein Gesetzbuch zu verfassen."

Inzwischen aber hatte im deutschen Volke eine ganz neue geistige Strömung begonnen, die von den abstracten Idealen des Weltbürgerthums zur Betrachtung des concret Individuellen, von den Problemen der Aufklärung zum liebevollen Verweilen bei den geschichtlich gewordenen Zuständen zurückführte. Romantik und Naturphilosophie wiesen jede in ihrer Weise den Geist der Nation an die realen, geschichtlich oder natürlich gewordenen Dinge, als an die würdigsten Gegenstände der Betrachtung. Man suchte nach den in ihnen wirkenden Kräften, nach den Ursachen ihres Werdens, und glaubte oft sie zu finden, indem man seine eignen Vorstellungen und Begriffe in die Dinge hineintrug. Hatte man bisher nur das Machen und Gestalten nach erhabenen Principien des Menschen würdig gehalten, so war nun die Betrachtung des Gewordenen, die Beobachtung des Werdens und die Erforschung der inneren Gesetze, nach denen die Entwickelung der Dinge ohne Zuthun des menschlichen Wollens und Vermögens vor sich geht, die Richtung der Zeit, in welcher neben der Reflexion auch das Gemüth seine Nahrung und Befriedigung fand. In dieser Umgestaltung der Anschauungsweise vollzog sich der Bruch mit dem verflossenen Jahrhundert, an ihr erſtarkſte innerlich der Kampf gegen den letzten und gewaltigſten Repräſentanten deſſelben, unter deſſen Druck Deutſchland ſeufzte.

Die Folgerungen dieſer Umgeſtaltung, welche ſich den übrigen hiſtoriſchen Wiſſenſchaften ſchon befruchtend mitgetheilt hatten, waren in der Rechtswiſſenſchaft bisher nur in vereinzelten Erſcheinungen zu Tage getreten. Die fundamentale Umgeſtaltung der Anſchauungen über das Weſen und Werden des Rechts, zu denen ſie führte, ſprach jetzt Savigny in ſeiner gegen Thibaut gerichteten Schrift zum erſten Male in Anwendung auf eine praktiſche Frage aus. Und weil dieſe das Intereſſe der ganzen Nation auf das Empfindlichſte berührte, ſo ergriff die Nation auch den begonnenen wiſſenſchaftlichen Kampf mit der lebhafteſten Theilnahme. Nicht etwa eine überlegene Schärfe der Dialektik hat der Savigny'ſchen Theorie den Sieg verſchafft, ſondern eben der Umſtand, daß ſie mit dem Zuge der Gedanken, mit der geiſtigen Strömung, welche durch die Zeit ging, zuſammenſtimmte. Und eben darin liegt Savigny's eigne hiſtoriſche Bedeutung, daß in ſeinem Geiſte ſich die Beziehung der allgemeinen Gedanken zur Rechtswiſſenſchaft ausprägte.

Es iſt deshalb auch ſelbſtverſtändlich, daß dieſe Gedanken, welche in ihm unter perſönlichem Austauſch mit Niebuhr und Eichhorn zu voller Klarheit gereift waren, nur ausgeſprochen zu werden brauchten, um überall wieder zu klingen und verwandte Anſchauungen zu wecken: und wer von ihnen ergriffen ward, ſei es durch ſchriftliches Wort oder durch die Macht der perſönlichen Rede, der fühlte ſich an Savigny, in deſſen Perſon ſich der neue Geiſt der Jurisprudenz verkörperte, unwiderſtehlich gefeſſelt. Als er im folgenden Jahre (1815) ſeiner Richtung im Vereine mit Eichhorn und Göſchen ein Organ ſchuf in der „Zeitſchrift für geſchichtliche Rechtswiſſenſchaft," da durfte er in der Einleitung ſchon von einer geſchichtlichen Schule unter den Juriſten ſprechen, die er zwar als einen uralten Gegenſatz zur „ungeſchichtlichen Schule" bezeichnet, die jedoch in Wahrheit erſt unter ſeinem Wirken zu lebendigem Daſein geweckt war.

Das Recht iſt der hiſtoriſchen Schule kein gemachtes Product der Reflexion einer über dem Volke ſtehenden geſetzgebenden Gewalt, ſondern ein, oft nur inſtinctives, Erzeugniß des Volksgeiſtes, gleich Sprache und

Sitte in normalem Zustande des Lebens mit innerer Nothwendigkeit und naturwüchsig hervorgebracht. Dies aus dem ureignen Geiste des Volks naturgemäß entsprungene Recht, nach dem es lebt und webt, wie es die Sprache braucht und in seiner Sitte sich bewegt, ist zugleich das relativ vollkommenste; denn ein absolut vollkommenes giebt es so wenig, wie eine absolut vollkommene Sprache. Wie aber im Gesammtleben der Nation eine organische Fortentwickelung stattfindet, so auch im Rechte, das nur einen Theil des Volkslebens, ein Element seiner Cultur bildet, in der innigsten Wechselwirkung mit den übrigen Culturelementen steht und so auf jeder Stufe seiner Entwickelung sich dem Geist und den Bedürfnissen des Volks anschmiegt. Die Rechtsgeschichte ist nur eine Seite der Culturgeschichte.

Die Aufgabe des Gesetzgebers besteht demnach nicht darin, nach den von ihm subjectiv für wahr gehaltenen allgemeinen Vorstellungen und Principien neue Rechtssätze zu schaffen; sondern darin, diejenigen Rechtssätze auszusprechen, welche bereits unausgesprochen im Volksbewußtsein liegen, wenn er sich nicht gar mit der Sammlung, Sichtung und Fixirung der überlieferten Rechtssätze begnügt. Nur soweit der Gesetzgeber sich in den hier bezeichneten Schranken bewegt, ist er wahrhaft groß und weise, nur dann von geschichtlicher, nachhaltiger Wirkung. Bedeutend kann sein Einfluß deshalb sein, weil er als Glied seines Volkes Theil hat an dessen Geist und Wesen, zugleich aber in ihm die Cultur desselben die zur Zeit höchste Stufe erreicht hat, von der aus es ihm möglich ist, die im Volke schlummernden Keime zu erkennen, zu wecken und zur vollkommenen Entfaltung zu bringen. Je mehr er sich dieses Verhältniß zum Bewußtsein bringt, desto glücklicher, desto erfolgreicher wird seine Thätigkeit sein: dagegen wird er mit seinem besten Willen an der Macht der geschichtlichen Thatsachen und ihrer Entwickelung scheitern, wenn er sich von dem sichern Boden der Geschichte ablöst, und das Volk durch einen Sprung in einen von ihm ersonnenen Zustand abstracter Glückseligkeit versetzen zu können meint.

So ist denn auch die wahre Wissenschaft des Rechts nicht, wie noch Thibaut sagte, die philosophirende, sondern diejenige, welche den ge-

gebeuten, geschichtlich gewordenen Stoff auch geschichtlich erfaßt. Dazu ist vor Allem nothwendig das sorgfältigste und getreueste Einbringen in den überlieferten Stoff durch Sammeln und Darlegen; dann aber zur Erklärung seines Werdens, Wechselns und Entwickelns die Beobachtung der geschichtlichen Thatsachen, welche auf das Recht einwirkten, das ist: die Culturgeschichte des Volks selber. Es genügt daher für den Juristen nicht der Scharfsinn und das systematische Denken, sondern er bedarf vor Allem auch des historischen Sinnes, um das Eigenthümliche jedes Zeitalters und jeder Rechtsform scharf aufzufassen.

Indem so der Stand der Rechtsgelehrten das Verständniß und den historischen Zusammenhang des Rechts in sich selber zur vollsten Klarheit bringt, macht er sich fähig, der Träger dieser Seite der Cultur zu sein. Denn die in entwickelten Zuständen nothwendige und natürliche Theilung der geistigen Arbeit macht sich auch hier geltend. Es kann nicht mehr wie in ursprünglichen und einfachen Verhältnissen die Kenntniß des Rechts gleichmäßig im Volke verbreitet sein, sondern sie wird Eigenthum eines Standes, der nun die Gesammtheit auf diesem Gebiete repräsentirt, und so bei der Fortbildung des Rechts ein wichtiger Factor ist.

Ehe aber die deutsche Rechtswissenschaft dieser Stellung vollkommen gewachsen ist, wird sie sich erst des historischen Materials vollständiger als bisher bemächtigen müssen; und da unser Rechtszustand aus römischen und einheimischen Elementen gemischt ist, so hat sie nach diesen beiden Richtungen gleichmäßig an der Hand der Geschichte ihre Forschungen zu leiten; endlich aber ist zu untersuchen, welche historischen Mittelglieder zwischen uns und dem römischen Volke bestehen, damit der Grund und der Umfang der Gültigkeit des Römischen Rechts bei uns verstanden werden könne.

Wie nun nach jenen beiden erstgenannten Richtungen einerseits Savigny mit Niebuhr, andererseits Eichhorn mit Jacob Grimm die Führung übernahmen, und eine Reihe der tüchtigsten, gleichaltrigen und jüngeren Kräfte an sich heranzogen, so übernahm Savigny ganz allein die gewaltige Aufgabe, welche wir vorhin als die dritte Richtung der historisch-juristischen Forschung bezeichneten.

Seit mehr als einem Decennium hatte Savigny seine ungewöhnliche Arbeitskraft, soweit sie nicht durch bringlichere Pflichten in Anspruch genommen war, auf die Sammlung und Verarbeitung des Materials zu einer Geschichte des Römischen Rechts im Mittelalter verwendet, als im Jahre 1815 der erste Band dieses großartigen Werks erschien. Nach dem schon in der Vorrede zu diesem Bande dargelegten Plane zerfällt dasselbe in zwei Haupttheile, von welchen der erstere die sechs Jahrhunderte vor Irnerius, in denen von wissenschaftlicher Thätigkeit nur geringe Spuren vorkommen, der andere die vier Jahrhunderte seit Irnerius, worin die wissenschaftliche Verarbeitung und Mittheilung durch Lehre und Schrift das Ueberwiegende ist, umfaßt. Dieser zweite Theil ist somit seiner Aufgabe nach vorherrschend literärgeschichtlichen Inhalts; der erste dagegen legt dar, wie das Römische Recht in den Reichen, welche die Erbschaft des weströmischen übernahmen, in Uebung fortbestand, getragen von den römischen Völkern, deren Fortdauer als lebendiger Elemente der neuen Staaten nachgewiesen wird.

Es ist uns durch dieses Werk eine ganz neue Anschauung von der Continuität des geschichtlichen Lebens des Römischen Rechts eröffnet worden. Während bis dahin die Vorstellung sehr verbreitet war, daß der Anfang der wissenschaftlichen Behandlung desselben durch Irnerius nur eine auf zufälligen Gründen beruhende Wiederbelebung eines abgestorbenen Stoffes gewesen sei, zeigt uns Savigny die zahlreichen Fäden lebendiger Ueberlieferung, welche die Periode des sinkenden römischen Reichs mit dem Wirken der Glossatoren verbinden, und wie daher nicht Laune, Zufall und Willkür die Geltung des Römischen Rechts bestimmt haben, sondern ein Ergebniß geschichtlicher Entwickelung vor uns liegt.

Es ist gegen dies Werk, welches in den Jahren 1815—1831 in sechs Bänden vollendet wurde, zu denen sich in der zweiten Auflage noch ein siebenter gesellte, eingewendet worden, daß es seinem Titel nicht entspreche, keine Geschichte des Rechts, sondern eine Geschichte der Literatur gebe. Allein mit einigem Grunde läßt sich dies jedenfalls nur von seinem zweiten Haupttheile (welcher allerdings vier Bände ausfüllt) behaupten; der erste Haupttheil giebt uns das Recht, wie es sich im Leben der Nationen erhielt; die dürftigen Ansätze literarischer Thätigkeit kommen daneben kaum in Betracht. Und was den zweiten Haupttheil betrifft, so muß anerkannt werden, daß, wenn das Leben eines Rechts in so eminenter Weise durch wissenschaftliche Arbeit sich bethätigt, die Geschichte desselben auch selbstverständlich die Gestalt der Literaturgeschichte annehmen darf. In der Literatur wird sich aber auch naturgemäß die Entwickelung abspiegeln, welche das Recht außer ihr im Leben selber durchmacht. Nur dürfte allerdings die Frage sein, ob denn Savigny's Behandlung der Literärgeschichte das Maaß der gerechten Ansprüche erfüllt? — Und wenn wir hier nun den reichen Schatz des sorgfältigst zusammengestellten Materials, die ungeheure auf die Sammlung, Prüfung und Anordnung verwendete Arbeit und Geisteskraft, die Klarheit und Sicherheit der Darstellung dankbar bewundern: so werden wir doch andererseits nicht bestreiten dürfen, daß das Moment der Entwickelung nicht in dem entsprechenden Grade sein Recht erhalten hat. Der Grund dieses Mangels liegt in gewissen Thatsachen, von welchen noch in einem anderen Zusammenhange die Rede sein wird.

Der providentielle Charakter großer geschichtlicher Persönlichkeiten wird uns gewöhnlich äußerlich auch dadurch offenbar, daß besondere, scheinbar zufällige Umstände im richtigen Augenblicke ihrem Wirken eine unberechnete Stütze geben. Zu diesen Ereignissen rechnen wir bei Savigny in erster Reihe die Entdeckung der ächten Institutionen des Gaius durch Niebuhr im Jahre 1816, welche schon ihrer äußeren Thatsächlichkeit nach, wie sie Niebuhr in seinem Briefe an Savigny berichtet (Zeitschr. Bd. 3 S. 130 ff.), so sehr den Eindruck des rein Zufälligen und darum eben Providentiellen macht, daß der mit ihr verknüpfte große gelehrte Name kaum zur Sache zu gehören scheint. Denn wie selbst Niebuhr wohl den Manuscripten-Schrank des Domcapitels zu Verona bei seinem flüchtigen Besuche hätte durchmustern mögen, ohne gerade die Blätter des Gaius zu finden; so hätte es auch einem schlechteren Mann begegnen können, daß ihm gerade dieses Manuscript in die Hände gerieth. Aber freilich gehörte dazu eine Zeit, in welcher die Aufmerksamkeit auf diese Dinge gerichtet, das Auge für sie geschärft war. Und nur eine Zeit, wie die des

Aufsteigens der historischen Schule, vermochte den Schatz als solchen zu erkennen, nur sie besaß die Kräfte, um ihn zu heben, nur sie die Fähigkeit, ihn zu verwerthen. Und so ist es denn vollkommen wahr, was Hugo, bei Gelegenheit der Anzeige der dritten Auflage von Savigny's Besitz 1818 äußert: „auf mehr als Eine Art läßt sich sagen: ohne Savigny hätten wir den Gaius nicht."

Seit dem Aufschwung der Rechtswissenschaft vor drei Jahrhunderten, wo zuerst Zasius die Auffindung der Reste des Gaius und Paulus, wie sie die westgothische Sammlung erhalten hat, der juristischen Welt verkündete, und nicht viel später die Fragmente Ulpian's durch Tilius publicirt wurden, war ein ähnliches Ereigniß der Rechtswissenschaft nicht begegnet. Viel durchschlagender aber und greifbarer als in jenen Zeiten war jetzt der Einfluß dieser neuen Entdeckung, an welche sich bald noch andere reihten, auf die Gestaltung der Wissenschaft. Denn einem Geschlechte, dem wie keinem zuvor der historische Sinn, d. h. die Fähigkeit und Neigung, sich in die sittlichen, intellectuellen und materiellen Zustände anderer Zeiten und Völker zu versenken, aufgeschlossen war, ward hier in ursprünglichster Reinheit von der Vorsehung ein Werk in die Hände gelegt, welches in der Blüthezeit römischer Jurisprudenz zu dem Zwecke verfaßt war, um die erste Bekanntschaft mit dem Wesen der Rechtsinstitute zu vermitteln; ein Werk, alt genug, um uns, bei der Zähigkeit römischer Rechtstraditionen, noch die sichersten Spuren urältester Zustände zu überliefern; und zugleich durch seine, bis in die spätesten Zeiten reichende Geltung als gebräuchlichstes Lehrbuch und als Grundlage von Justinian's Institutionen neu genug, um uns ein Schlüssel für die Rechtsentwickelung des sinkenden Reichs zu sein.

Es ist daher keine Uebertreibung, wenn behauptet wird, daß unsere Kenntniß des Römischen Rechts durch die Entdeckung des Gaius eine fundamentale Umgestaltung erfahren hat. Nicht die einzelnen Notizen, durch welche unsere Vorstellungen bereichert und berichtigt sind, haben diesen Erfolg begründet; sondern einestheils die belebende Kraft, welche der Versenkung in diese reinste Quelle an und für sich innewohnt, anderntheils und vorzugsweise aber der Umstand, daß uns erst durch Gaius das Verständniß der römischen Rechtspflege eröffnet ist, also desjenigen Instituts, welches überall den Angelpunkt des praktischen Rechtslebens bildet, bei den Römern aber noch in einer ganz besonderen Weise den Stützpunkt für die Rechtsentwickelung selber darbot. Und so feierte denn Savigny den seltenen Triumph, daß nach wenig Jahren gleichsam durch eine besondere Fügung des Himmels der Beweis handgreiflich geführt ward, mit wie vollem Grunde er gegen Thibaut hatte behaupten dürfen, daß unsere historische Kenntniß des Römischen Rechts eine durchaus mangelhafte, zugleich aber unsere Wissenschaft auf dem besten Wege sei, eine reinere und tiefere Erkenntniß zu gewinnen.

In der That war der Aufschwung, den die Jurisprudenz von jetzt an nahm, ein ganz außerordentlicher. Um ihn gebührend zu schildern, würden wir eine Literärgeschichte schreiben müssen. Es mögen daher hier einige Andeutungen genügen.

Die Einwirkung des neuen Geistes blieb nicht beschränkt auf die Anhänger der historischen Schule, sondern auch die Fernstehenden, ja selbst die Gegner wurden, und zwar gerade durch den Gegensatz, davon angeregt. Während die Jurisprudenz bisher die ledernste und hausbackenste aller Disciplinen gewesen war, ward sie jetzt durch ihre Verbindung mit Geschichte und Philologie allmählich von einem Reichthum edlerer Gedanken und Anschauungen erfüllt, so daß man wohl auf sie ein Wort anwenden könnte, welches Bettina über Savigny aussprach: daß sie nämlich zu einer „ästhetischen Gelahrtheit" wurde.

Ein natürliches Ergebniß der Lösung des Bannes, welcher bisher auf ihr gelastet, eine natürliche Folge der veränderten Vorstellung vom Wesen des Rechts, das jetzt dem Juristen nicht mehr wie eine formlose Masse von Satzungen, die einer oft launenhaften Willkür ihr Dasein dankten, sondern als ein organisches Erzeugniß der sittlichen Volkskraft erschien, war es, daß der Jurist es jetzt freudiger als einen Gegenstand erfaßte, der es wohl verdiene, daß man sich mit ganzer Kraft und Liebe in ihn versenke. Diese neu befestigte und gesteigerte Ehrfurcht vor dem Berufe des Juristen, der thatsächliche Beweis, daß auch in seiner Wissenschaft das Edle und Schöne eine Stätte finden könne, hat den deutschen Juristenstand nicht nur in der öffentlichen Meinung wieder auf die ihm gebührende Stufe der Achtung erhoben, sondern ihn auch wahrhaft innerlich veredelt. Und wenn wir bedenken, ein wie wesentliches Glied der bürgerlichen Gesellschaft er sowohl nach der Zahl, wie nach der Stellung seiner Mitglieder, in Deutschland ausmacht, so müssen wir diesen Einfluß Savigny's als den segensreichsten preisen. Es mag wahr sein, daß unsere jungen Juristen vielleicht weniger als in alten Zeiten auf die Praxis zugespitzt, mit mancher überflüssig gelehrten Notiz belastet, heutzutage die Hochschule verlassen: ein Schade ist davon nicht zu fürchten, denn die Praxis ist selber die beste Lehrmeisterin und unsere deutschen Universitäten sollen keine Beamtenschulen sein. Dagegen war und ist es gewiß von unermeßlichem Segen, daß seit der Regeneration der Rechtswissenschaft unsere künftigen Staatsbeamten in ihrer Lehrzeit von einer veredelten und reichen Gedankenwelt umgeben, nicht mehr in einen trocknen und geistlosen Schematismus eingespannt sind.

Die wissenschaftliche Rührigkeit trieb eine sehr bedeutende Masse literarischer Erscheinungen hervor, unter denen der Gattung nach die Zeitschriften die bemerkenswerthesten sind, weil ihr Entstehen und Gedeihen das sicherste Zeichen von der Bewegung in einer Wissenschaft zu sein pflegt. Innerhalb eines Decenniums (bis zum Jahre 1827) entstanden neben der Zeitschrift für geschichtliche Rechtswissenschaft, in welcher Savigny seine werthvollen Abhandlungen über Fragen der Römischen Rechtsgeschichte niederlegte, das Archiv für die civilistische Praxis, die Zeitschrift für Civilrecht und Proceß, das Rheinische Museum, die Themis, dann die Tübinger kritische Zeitschrift und die Erlanger Jahrbücher der juristischen Literatur. Ein bedeutender Theil der wissenschaftlichen Kraft ward auf die Edition der neu entdeckten Quellen verwendet; einen anderen nahm die kritische Bearbeitung der längst besessenen Quellen in Anspruch. War auch das Interesse auf die geschichtliche Erkenntniß vorzugsweise hingezogen, so konnte sich doch die Dogmatik des Rechts nicht über Vernachlässigung beklagen. Und seltsam aber ehrwürdig neben diesem neuen jugendlichen Leben, als könne keine Zeit und keine Bewegung ihn erschüttern, wandelte der alte Glück, emsig und unverdrossen in die große Scheune seines Commentars einsammelnd, von dem er pünktlich zu jeder Messe seinen Band lieferte, bis er mitten in der Ausarbeitung des 35. Bandes von dieser Welt abgerufen wurde. Sein bis jetzt noch unvollendetes Werk liefert in bemerkenswerther Art den Beweis, welchen Werth in gelehrten Dingen der treue Fleiß des Compilators unter allen Umständen behauptet, und wie ihm trotz aller Einwendungen schließlich doch keine Richtung, die es mit der Wissenschaft ernst und ehrlich meint, ihre Anerkennung versagt. An Umfänglichkeit des Plans und, soweit sie gediehen, auch der Ausführung, läßt sich dem Glück'schen Commentar nur ein anderes Werk in unserer juristischen Literatur vergleichen: die glossa ordinaria des Accursius, welche ebenso, wie es von jenem gesagt zu werden pflegt, eine ganze Bibliothek entbehrlich machte. Sie bildet den Abschluß einer wissenschaftlichen Epoche, wie der Glück'sche Commentar den Abschluß der alten theoretisch-praktischen Periode bezeichnet, und vollständig darstellen würde, wenn er vollendet wäre.

Den Kampf um die Frage der Gesetzgebung mußte inzwischen Savigny und seine Schule noch manches Jahr fortführen. Zwar die praktische Bedeutung desselben offenbarte sich bald als Illusion; und schon im Jahre 1817 konnte Savigny den weiteren Ausführungen Thibaut's entgegnen (Zeitschr. Bd. 3 S. 11): „Das klingt beinahe so, als ob die Stimmen, welche gegen ein allgemeines Gesetzbuch sich erhoben haben, die Abfassung desselben gehindert und dagegen eine Geneigtheit für besondere Gesetzbücher hervorgebracht hätten. Doch mag dieses blos im Ausdruck liegen, denn im Ernst wird Niemand behaupten, daß ohne jene Stimmen ein allgemeines Gesetzbuch wahrscheinlich zu Stande gekommen wäre. Das Streben mancher Regierungen, alles Gemeinsame von sich abzuhalten, ist schwerlich durch jene Schriften erzeugt worden, ja wenn diese Schriften wirklich hätten zu ihrer Kenntniß kommen und ihren Beifall erhalten können, was sehr zu bezweifeln ist, so würde ihre Wirkung gerade darin bestanden haben, das willkürliche Fixiren von Particularrechten der einzelnen Staaten vor allem Andern zu verhindern."

Uns soll dieser Streit nur noch insofern beschäftigen, als in ihm die

Einwendungen und Vorwürfe, welche man gegen die gesammte historische Schule erhob, zu Tage traten. Unter diesen ist am bemerkenswerthesten die gleißnerische Denunciation, welche Gönner in Landshut, seinem Charakter auch darin getreu, in seiner Schrift „über Gesetzgebung und Rechtswissenschaft in unserer Zeit" (1815) vorbrachte. Die Regierungen werden gewarnt vor der historischen Methode, deren Bekenner ihnen das Recht der Gesetzgebung entziehen, und es in die Hände des Volks und der Juristen als Volksrepräsentanten spielen wollen; vor einer Ansicht, die dahin führe, daß die Staaten nicht vom Regenten, sondern vom Volk und den Juristen regiert werden.

Einer Schrift wie dieser, deren Ziel in der widerwärtigsten Liebedienerei für die particularistischen Gelüste derjenigen Regenten bestand, denen die Erprobung ihrer neugewonnenen souveränen Macht durch abgesonderte Gesetzgebung dringend empfohlen wurde, mußte Savigny mit ganzer Kraft entgegentreten; und er that es in einer Recension, welche sich ebenso sehr auszeichnete durch die schlagende Polemik, wie durch den sittlichen und patriotischen Ernst, und die ihm eigne maaßvolle Würde, mit der er selbst der schlecht verhüllten Gemeinheit begegnet. (Zeitschrift Bd. 1 S. 373—423.)

Jener politischen Denunciation antwortet Savigny durch den Hinweis, wie er zwar gesagt habe, daß der wirkliche Einfluß der Gesetzgebung auf das bürgerliche Recht geringer sei, als man gewöhnlich glaube; daß er aber von den innerlich bildenden Kräften, nicht von der Verfassung unserer Staaten gesprochen, und also nicht gesagt habe, der Senat der Juristen und die Comitien des Volks müßten das Recht eigentlich beschließen, und die Gesetzgebung des Monarchen sei ein Eingriff in jenes der wahren Verfassung gemäße Recht. Vielmehr, wenn ein solcher Senat und solche Comitien existirten, so würde er von ihnen dasselbe behaupten, was von den Monarchen gälte, daß nämlich ihr Beruf sei, das unabhängig von ihnen seiende Recht zu erkennen und auszusprechen, und daß sie diesen Beruf verkennen, wenn sie die Willkür an dessen Stelle setzen. Dagegen wird nachgewiesen, wie Gönner's Intention eben dahin gehe, für die willkürliche unbeschränkte Gewalt zu streiten. „Daß die absclute Willkür," sagt Savigny, „hier nicht unter ihrem eigentlichen Namen vorkommt, sondern daß nur von Vernunft, Volksglück u. s. w. die Rede ist, versteht sich von selbst; auch erinnere ich mich nicht, daß jemals ein Despot dem Volke ausdrücklich versprochen haben sollte, es unglücklich zu machen, und die Vertheidiger des Despotismus wissen nicht genug zu rühmen, wie wohl den Völkern unter ihm wird: vorzüglich in den neusten Zeiten haben sie ihn auf das Lieblichste mit schönen Worten, wie Aufklärung, Humanität, Menschenrechte u. s. w. übertüncht, von welcherlei Kunstwerken die Regierungsgeschichte Bonaparte's ganze Gallerien liefert. Die Sache bleibt aber darum immer dieselbe, und der einfache Unterschied des Despotismus und der Freiheit wird ewig darin bestehen, daß der Regent dort eigenwillig und willkürlich schaltet, hier aber Natur und Geschichte in den lebendigen Kräften des Volkes ehrt, daß ihm dort das Volk ein todter Stoff ist, den er bearbeitet, hier aber ein Organismus höherer Art, zu dessen Haupt ihn Gott gesetzt hat und mit welchem er innerlich eins werden soll. Ich wiederhole es, daß dieser Gegensatz des Despotismus und der Freiheit bei den verschiedensten Formen der Verfassung gedacht werden kann: eine absolute Monarchie kann durch den Geist der Regierung im edelsten Sinne frei sein, wie eine Republik des härtesten Despotismus empfänglich ist, obgleich freilich auch manche Formen den einen oder den andern dieser Zustände mehr begünstigen. — Was übrigens im Allgemeinen das Verhältniß des Despotismus zu Gesetzbüchern betrifft, so bin ich sehr weit entfernt zu behaupten, jedes Gesetzbuch gehe aus von despotischer Gesinnung. Ich habe vielmehr schon in meiner früheren Schrift anerkannt, daß unter gewissen Bedingungen die Abfassung eines Gesetzbuchs sehr wohlthätig sei und alle Billigung verdiene. Das aber behaupte ich, daß das System der eben beschriebenen Freiheit durch seine Consequenz der unzeitigen Abfassung eines Gesetzbuchs widersprechen wird, während das System des Despotismus (und besonders jenes übertünchten Despotismus) nothwendig auf diese unzeitige Abfassung führt, wie denn bei unserm Verfasser (Gönner) eben dieser Zusammenhang von Grund und Folge offen da liegt. Ebenso glaube ich auch umgekehrt, daß die unzeitige Abfassung eines Gesetzbuchs durch die Willkürlichkeit der Entstehung und durch das Zerreißen der geschichtlichen Fäden dem Despotismus in hohem Grade förderlich sein kann."

Gegenüber den praktischen Vorschlägen Gönner's, in welchen sich dessen eigentliche Tendenz enthüllt, erinnert Savigny daran, wie jener noch vor wenig Jahren unter der Napoleonischen Herrschaft die Gesetzgebung der Einzelstaaten des Rheinbundes aus innern Gründen, die, soweit sie wahr seien, noch jetzt fortdauerten, für unmöglich erklärt habe, um die allgemeine Annahme des Code zu empfehlen, gegen welche Thibaut ernst und warnend seine Stimme erhoben habe. „Einheimische Gesetzbücher," fährt Savigny (S. 414) fort, „waren also unmöglich, so lange es galt, durch ihre Entfernung der fremden Tyrannei in die Hände zu arbeiten, und sie sind jetzt möglich, wo in ihnen ein Mittel gefunden scheint, der innigeren Vereinigung der Deutschen entgegenzuwirken. Und alle diese Proben absoluter Gleichgültigkeit gegen die Wahrheit und das Vaterland zugleich werden hier mit der größten Unbefangenheit gegeben, ohne irgend eine Spur von Schüchternheit und Beschämung! — Da es indessen jetzt wunderliche Menschen giebt, die von einer deutschen Nation träumen, so werden diese zur unverdienten Schonung ihres Aberglaubens mit ein paar unschädlichen Worten befriedigt: es werde sich nämlich so eine materielle Gleichförmigkeit der Gesetzgebung bilden, die Hauptbestimmungen des Rechts würden gleich sein, und der Nationalität unseres Rechts würden kleine Abweichungen so wenig schaden, als die verschiedenen Mundarten der Nationalität unserer Sprache. Aber woher weiß der Verfasser, daß es so kommen wird? Ebenso gut können ja diese Gesetzbücher auf's Aeußerste verschieden ausfallen, ja ich finde diese Verschiedenheit um sehr vieles wahrscheinlicher. Dem Verfasser kam es komisch vor, daß ich unter den Römischen Juristen Gleichartigkeit der Bildung und des literarischen Charakters angenommen habe: aber ich glaube, daß die Geschäftsmänner von Wien und Stuttgart, von München und Hannover um sehr vieles heterogener sein mögen, als es Ulpian und Paulus waren. Nicht zu gedenken, daß in mehreren deutschen Regierungen eine unverkennbare Neigung der Absonderung obwaltet, ohne Zweifel weil man glaubt, daß dadurch am besten auch selbst der Schein irgend einer Abhängigkeit vermieden werden könne. Nimmt man nun hinzu, daß nach unserm Verfasser das Gesetzbuch die eigentliche Grundlage alles wissenschaftlichen Rechtsstudiums sein soll, so ist die unvermeidliche Folge seines Vorschlags, und ohne Zweifel auch die deutlich gedachte Absicht desselben, daß in dem Recht sowohl als in dem Rechtsstudium der Deutschen alles Gemeinsame aufhöre. Ein solcher Vorschlag kann Jedem, der das deutsche Vaterland liebt, schon um dieser Vaterlandsliebe willen nicht anders als sehr schmerzlich sein: er ist aber auch an sich, für das Recht jedes einzelnen Staats verderblich. Das Recht nämlich hat doch seinen Grund in dem geistigen Dasein des Volks, zieht also seine Lebenskraft aus denselben Wurzeln, wie jede andere Art geistiger Thätigkeit und Bildung. Da es nun Gott so gefügt hat (so sehr es auch zu bedauern sein mag), daß es keine hannöversche, nassauische, isenburgische u. s. w. Sprache und Literatur giebt, sondern eine deutsche, so wird offenbar jeder einzelne Volksstamm in demselben Maaße an geistiger Kraft und Entwickelung verlieren, als er sich dem allgemeinen geistigen Verkehr der deutschen Nation entzieht. Dasselbe gilt aber, wie von jeder Wissenschaft so auch von dem Recht, und man sollte denken, dieses müßte selbst derjenige begreifen können, welcher mit unserm Verfasser das Recht lediglich aus der Willkür des Gesetzgebers entstehen läßt. Denn der Verfasser, der selbst im Fach der Gesetzgebung arbeitet, weiß gewiß am besten, daß auf seiner und seiner Collegen Einsicht und Bildung am Ende aller Erfolg beruht. Je mehr sich nun künftig die ganze Bildung der Gesetzgebungsräthe, Richter und Rechtslehrer provinciell abschließt, desto beschränkter und kleinlicher müssen sie unfehlbar werden und mit ihnen das Recht selbst, nach den verschiedenen Beziehungen, in welchen ihnen die Erhaltung und Fortbildung desselben anvertraut ist."

Soweit Savigny, dessen eigne Worte wir in größeren Auszügen wiedergeben zu müssen glaubten, weil sie seine Stellung zu unserer politischen und nationalen Frage charakterisiren.

Es ist der Doctrin der historischen Schule das nicht ungewöhnliche Schicksal begegnet, von entgegengesetzten Parteien abwechselnd benutzt und geschmäht worden zu sein. Hier sehen wir Savigny von Gönner als Demagogen verdächtigt: und so würdig und wahr auch Savigny's Entgegnung ist, — es läßt sich doch nicht leugnen, daß ein tiefer demokratischer Gedanke in einer Lehre liegt, welche alles Recht aus dem Volksgeiste entstehen und den Gesetzgeber selbst nur für ein Organ dieses Volksgeistes gelten läßt. Ueber die politische Form des Staats ist zwar durch diese Doctrin nichts ausgesagt, da in ihr das Volk als ein Naturganzes erscheint, welches erst den Staat, als die höchste Rechtsordnung schafft. Hier entsteht dann der engere, politische Begriff des Volks, als der Gesammtheit aller in einem Staate gleichzeitig lebenden Individuen, und zwar bald mit Einschluß, bald im Gegensatz der Regierung. Daß aber nicht Alles, was von dem Volke als Naturganzen gesetzt ist, ohne Weiteres zur Anwendung kommen kann auf den engeren Begriff, ist um deswillen selbstverständlich, weil zwischen diesen beiden Begriffen bereits die rechtlichen Bestimmungen der Staatsordnung in der Mitte liegen. Auf der andern Seite aber ist ebenso einleuchtend, daß die Doctrin der historischen Schule den schärfsten Gegensatz bildet zu der Hobbes'schen Theorie, welche von Haller auf die plumpste Weise für das Bedürfniß der Restaurationszeit zurecht gemacht wurde; und Savigny hat sich über die Verwerflichkeit derselben unzweideutig geäußert, indem er erklärte, es sei bei der Haller'schen Bekämpfung der Theorie des Contrat social schwer zu sagen, welches von beiden bedenklicher sei, die Krankheit oder das Heilmittel (System 1. S. 32).

In der fortschreitenden Entwickelung unseres nationalen Bewußtseins müssen wir auch die Lehre der historischen Schule als einen Factor betrachten, obwohl vielleicht ganz gegen den Wunsch Manches ihrer Anhänger. Denn indem sie überall auf das Volk als Naturganzes zurückführte, dessen Leben sie als die Basis realer Existenzen nachwies, kräftigte sie durch wissenschaftliche Anschauungen den Glauben an unsere nationale Einheit und stützte ihn in den Zeiten, wo man von anderer Seite Alles anwendete, um ihn als leeren Traum gefährlicher Demagogen in Mißcredit zu bringen.

Dagegen hat man auch nicht mit Unrecht die historische Schule als Quelle und Stütze der hyperconservativen Partei der Restaurationszeit und ihrer modernen Ausläufer betrachtet. Nichts ist leichter, als die Doctrin der naturwüchsigen historischen Entfaltung gegen jede Bestrebung aufzurufen, welche die Entwicklung in rascheren Fluß zu setzen versucht. Und eben darin liegt die Gefahr jener Lehre, daß sie allzusehr geneigt macht, gänzlich zu ignoriren, welch' wesentliches Element in der Geschichte auch die freie That des Individuums ist, da im Leben der Gattung das Verhältniß der Freiheit zur Nothwendigkeit dasselbe ungelöste Räthsel bleibt, wie im Leben des Individuums. Sie verführt zu der quietistischen Anschauungsweise, welche das Leben der Nation einem blos pflanzlichen Dasein gleichstellt und selbst bei diesem beliebten Vorbilde noch vergißt, daß sogar im vegetativen Leben ein plötzliches Zusammenbrechen innerlich verfaulter Gebilde, ein rasches Emporschießen der kräftigsten neuen Triebe nicht ungewöhnlich ist, ja daß der Naturwuchs der Pflanze sich die veredelnde Hand des Menschen gern gefallen läßt, und selbst den gewaltsamen Eingriff zu ihrer Rettung bisweilen fordert. Aber in der mattherzigen, schlaffen Periode unserer Restauration ließ sich gar bequem auf dem weichen Kissen jener Theorie ruhen, um behaglich das Schauspiel zu betrachten, wie das Volk sich „naturwüchsig" von Innen heraus entwickele, in so gemäßigtem Fortschritt, daß Niemand dadurch in seiner Ruhe gestört ward. Bösartiger freilich schon zeigte sich die Doctrin, wenn sie zum Schutz der olympischen Ruhe die hohe und niedere Polizeigewalt zu Hülfe rief. Und als man nun gar die geschichtliche Entwickelung nur bis zu einem bestimmten, bequemen Punkte als naturwüchsig, und darum berechtigt anerkannte, das später Geschehene als einen Bruch mit der Geschichte verwerfen, thatsächlich zerstören und mit frömmelndem Eifer die ganze angeblich von Gott verlassene Entwickelung zur Umkehr zwingen wollte, soweit die Macht reichte: da mögen Wenige im deutschen Volke noch an die Ehrlichkeit solcher Gesinnungen geglaubt haben. Freuen wir uns, daß Savigny's Name mit diesen Erlebnissen seines Greisenalters nur lose verwebt ist: aber die Namen der Hassenpflug, Linde, Schröter, Pernice, Keller, Stahl werden leider für alle Zeiten die späteren Evolutionen der historischen Schule charakterisiren. Auch ist es leider ein in früherer und späterer Zeit gehörter und wohl nicht unbegründeter Vorwurf, daß sich unter der Fahne der historischen Schule eine Coterie zusammen gefunden habe, welche sich an der einflußreichen Stellung des Hauptes wärmte, und manchen unsaubern Gesellen in sich barg, der die vortheilhafte Protection sich durch widerwärtige Schmeichelei erkaufte, das „Räuspern und Spucken" des großen Meisters bestens nachahmte, und seine Fahnentreue durch plumpes Vornehmthun nach Außen zu bewähren suchte. Savigny's Name selber hat durch solche Erscheinungen bei unserm Volke Schaden gelitten, so daß es Zeit ist, seinem Andenken den guten Klang wiederzugeben, durch die Erinnerung an das Große und Edle seines Wesens und Wirkens.

Als im Beginn der Zwanziger Jahre das Hegel'sche System sich zur Rechtsphilosophie entwickelt hatte, mußte die Frage über das Verhältniß desselben zur historischen Schule, dem andern mächtigen Factor der Zeitbildung, zur Entscheidung kommen. An und für sich lag kein Grund zur Bekämpfung vor: die historische Schule konnte sich den berüchtigten, zuerst in der Rechtsphilosophie ausgesprochenen Satz: „was vernünftig ist, das ist wirklich; und was wirklich ist, das ist vernünftig" gern gefallen lassen. Sie mußte dankbar für die Erklärung sein, daß es die Aufgabe der Philosophie sei, das, was ist, zu begreifen; daß die Philosophie nichts sei, als ihre Zeit in Gedanken erfaßt. Ein Glied der historischen Schule sogar hätte die folgenden Sätze schreiben können, welche wir, wie die vorhergehenden, der Vorrede zur Rechtsphilosophie entnehmen: „Es ist ebenso thöricht zu wähnen, irgend eine Philosophie gehe über ihre gegenwärtige Welt hinaus, als ein Individuum überspringe seine Zeit. Geht seine Theorie in der That darüber hinaus, baut es sich eine Welt, wie sie sein soll, so existirt sie wohl, aber nur in seinem Meinen, — einem weichen Elemente, dem sich alles Beliebige einbilden läßt." Was die beiden Schulen dennoch in Conflict brachte, war der beiderseits naturgemäß erhobene Anspruch ausschließlicher Herrschaft oder mindestens höherer Berechtigung — und zwar, was wohl zu beachten, nicht etwa blos im Gebiete der Geister, sondern ganz praktisch in dem Raume des preußischen Staats (vgl. Haym, Hegel und seine Zeit S. 357 ff.).

Zu einer directen Collision zwischen den würdigen Häuptern der Schulen ist es indeß niemals gekommen. Savigny schwieg dazu, daß Hegel

(Werke Bd. 8 S. 287) es für den größten Schimpf erklärte, der einer gebildeten Nation angethan werden könnte, wenn man ihr die Fähigkeit abspreche, ein Gesetzbuch zu machen. Auch ließ man es sich gefallen, wenn Hegel an einer andern Stelle (S. 26 ff.) sehr geringschätzig über das angeblich historische „Begreifen" eines Rechtssatzes sich aussprach und dabei einige Abgeschmacktheiten Hugo's, wie billig, zerzauste.

Eine andere Gestalt aber nahm die Sache an, als Hegel's Schüler Eduard Gans mit Angriffen auf die historische Schule hervortrat, die zum Theil ganz offen, zum Theil wenigstens unverkennbar geradezu gegen Savigny gerichtet waren. Mag auch, wie behauptet wird, unter den Motiven zu diesem Schritte die persönliche Gereiztheit und verletzte Eitelkeit eine erhebliche Rolle gespielt haben; so sind doch die Vorwürfe theilweise der Art, daß sie wohl den Versuch einer Widerlegung verdient hätten. Statt dessen begingen Savigny's Anhänger mehrfach den Fehler, ihnen mit höhnenden Abfertigungen entgegenzutreten, und bestätigten dadurch thatsächlich einen Theil der Beschuldigungen, welche man gegen sie erhob.

Es ist nicht nöthig, die Einzelheiten dieses unerquicklichen Streits zu verfolgen; doch muß Ein Vorwurf herausgehoben werden, mit welchem Gans allerdings einen wunden Fleck der historischen Schule traf. „Aus der historischen Schule," sagt er in der Vorrede zum Erbrecht 1824 (Bd. 1 S. XV), „ist unter den Juristen jener eingefleischte Haß gegen die Philosophie, und gegen das Denken, welches nicht Ausmitteln eines Factums ist, hervorgegangen, ein Haß, der sich in dieser Sphäre äußert, als Haß gegen das philosophische Recht, so daß von demselben nur mit Verachtung und Wegwerfung gesprochen wird —; aus jener Schule ist ferner hervorgegangen die Anbetung des Aeußerlichen als des Absoluten. In jede Notiz und in jede äußerliche Bemerkung hat man eine ganz unendliche Wichtigkeit zu legen gesucht, und so ist bei dem lärmenden Getöse dieses Gottesdienstes das Eigentliche, nämlich der Begriff, vollends verloren gegangen."

Daß es der historischen Schule in Haupt und Gliedern an philosophischer Begabung fehlte, ist so wenig ein Vorwurf, wie es Göthe's Ruhm vermindern heißt, wenn man seine Leistungen als Naturforscher anzweifelt. Zur Erfüllung seiner geschichtlichen Aufgabe beburfte Savigny keiner andern Eigenschaften, als derjenigen, welche er in vollstem Umfange besaß; und in richtiger Erkenntniß seines Zieles hatte er die wissenschaftliche Thätigkeit von der Betrachtung allgemeiner und abstracter Wahrheiten auf die Ermittelung des Einzelnen und Thatsächlichen hingelenkt. Allerdings aber gelangte die historische Schule allgemach auf einen Punkt, wo sie Gefahr lief, über die Freude am Einzelnen und Kleinen das große Ganze aus dem Bewußtsein zu verlieren. Hatte Savigny gegen Gönner gesagt: „nach der Methode, die ich für die richtige halte, wird in dem Mannichfaltigen, welches die Geschichte darbietet, die höhere Einheit aufgesucht, das Lebensprincip, woraus diese einzelnen Erscheinungen zu erklären sind und so das materiell Gegebene immer mehr vergeistigt" — so war damit die höchste Aufgabe der Geschichtsforschung bezeichnet. Wenn es dagegen bei einer spätern Gelegenheit zur Abwehr des Vorwurfs der Mikrologie (Zeitschr. Bd. 3 S. 5) hieß: „Mikrologie muß jeder vernünftige Mensch gering schätzen, aber genaue und strenge Detailkenntniß ist in aller Geschichte so wenig entbehrlich, daß sie vielmehr das Einzige ist, was der Geschichte ihren Werth sichern kann" — so läßt sich zwar gegen diesen Satz, wie er dasteht, an und für sich ebenfalls nichts einwenden: allein er eignete sich auch gar sehr zur Beschönigung der Richtung, welche von den höheren Aufgaben der Historie seitabwärts in die Irrwege der Mikrologie hineinführte.

„Eine Rechtsgeschichte," fährt Savigny an der mitgetheilten Stelle fort, „die nicht auf dieser gründlichen Erforschung des Einzelnen beruht, kann unter dem Namen großer und kräftiger Ansichten nichts Anderes geben, als ein allgemeines und flaches Räsonnement über halbwahre Thatsachen, und ein solches Verfahren halte ich für so leer und fruchtlos, daß ich daneben einer ganz rohen Empirie den Vorzug einräume." Es ist, als hätte dieses Wort wie ein Alp auf der historischen Schule gelastet, ängstlich die Brust der Jünger mit der Sorge beklemmend, in die Klasse der flachen Räsonneurs geworfen zu werden, sobald man sich von dem sichern Boden der Detailkenntnisse entferne; und gesteigert ward diese Sorge, übertrieben die einseitige Verehrung der bloß philologischen Behandlung der Geschichte, durch den Gegensatz, in welchem man sich zu Hegel's Philosophie der Geschichte und ihren Erfolgen wußte. Wenn auch die Vorwürfe, welche Gans erhebt, tendenziös übertrieben sind, so hat er doch richtig auf jenen Punkt hingewiesen, aus welchem die auffallende Thatsache zu erklären ist, daß die historische Schule es zu einer Geschichte des Römischen Rechts nicht gebracht hat, obgleich sie doch in diesem Werke die Krönung ihrer Thätigkeit hätte sehen müssen. Wir sind reich an den gründlichsten und geistreichsten Untersuchungen einzelner Theile der Rechtsgeschichte: allein ein Werk, welches die Gesammtentwicklung des Rechts zur Anschauung brächte, welches, wie Savigny ehemals das Problem bezeichnete, „das Lebensprincip nachwiese, aus welchem die einzelnen Erscheinungen zu erklären sind und so das materiell Gegebene vergeistigt" besitzen wir nicht. Nur Puchta hat dazu einen bedeutenden Anfang gemacht; als aber in neuester Zeit ein Anderer das Problem in seiner eigenthümlichen Weise wieder aufnahm, hat diese „Vergeistigung" gerade bei den Altgesellen der historischen Schule am wenigsten Anerkennung gefunden.

Warum mag Savigny das Werk nicht selber in die Hand genommen haben? Vielleicht sind es nur äußere Gründe, die ihn abhielten: die Ausarbeitung seiner Geschichte des Römischen Rechts im Mittelalter und dazu das Nervenleiden, welches ihn im Anfang der Zwanziger Jahre befiel, ihn auf längere Zeit seiner amtlichen Thätigkeit entzog und ihn nöthigte, mehrere Jahre seiner Erholung auf Reisen zu widmen.

Wenn wir aber die Fortsetzung seines eben genannten Werks, welches im Jahre 1826 mit dem 4. Bande die eigentliche Gelehrtengeschichte begann, aufmerksam betrachten, so scheint sie uns noch eine andere Antwort auf unsere Frage zu geben. Es ist uns, als wäre darin nicht mehr jene frische Kraft historischer Production zu finden, die das zerstreute Einzelne zu einem lebendigen Ganzen zu gestalten weiß. Die bisherige Wärme und Lebendigkeit der Darstellung, die Energie des Ausdrucks, welche geradezu auf das Ziel hinstrebt, ist jener eigenthümlichen Breite gewichen, welche mit sonderlichem Behagen bei jedem unbedeutenden Momente verweilt und jedes geringfügige Ergebniß als Dasjenige, „welches nunmehr umständlich dargelegt werden soll," allemal im Voraus ankündigt. Allerdings trägt auch diese epische Breite in ihrem unwandelbaren Gleichmaaß, da sie sich mit vollendeter Klarheit und Eleganz verbindet, den Stempel einer gewissen Classicität. Durch sie ist die Gelehrtengeschichte, wie sie jetzt vor uns liegt, ein Gebäude von unverwüstlichem Gefüge, das für die spätesten Zeiten den reichsten Schatz des Wissens sicher bewahrt. Allein die höchste Aufgabe der Geschichtschreibung, das ist, eine Entwicklung zu begreifen und zur Anschauung zu bringen, ist nicht erreicht, ja sie scheint kaum erstrebt zu sein. Die uns mit Gewissenhaftigkeit aufgezählten Personen, ja selbst die Coryphäen unter ihnen, bleiben uns Namen und blasse Abstracta, die einander zum Verwechseln gleichen; sie stehen isolirt, ohne lebendige Beziehung zu der Zeit und dem Ort ihres Wirkens; kaum daß gelegentlich der großen Ereignisse und Ideen, welche ihre Zeit bewegten, Erwähnung geschieht; wie sie auf ihre eigne und die folgende Zeit bedingend wirkten, tritt nicht hervor.

Ein Werk mit diesen Eigenthümlichkeiten, das sich der historischen Schule als mustergültiges Geschichtswerk darstellte, weil es von Savigny kam, konnte nicht mehr, wie seine früheren Schriften belebend und fördernd auf die Zeitgenossen wirken, sondern es mußte den Irrthum befestigen, daß in historischer Arbeit für den Juristen nur die Wahl sei zwischen dieser Art der Forschung und Darstellung — oder einem oberflächlichen Räsonnement. Und diesem deprimirenden Einflusse muß es wesentlich zugeschrieben werden, wenn in denselben Zeiten, in denen wir gelernt haben, was Geschichte der Literatur und Geschichte der Kunst sei, die Geschichte des Rechts auf den meisten Gebieten eine Notizensammlung geblieben ist; ja, daß auf dem Gebiete der juristischen Literärgeschichte (im weiteren Sinne des Worts) eine Stagnation eintrat, so daß bis in die neuesten Zeiten kaum der Eine und Andere sich daran gewagt hat, die für uns Deutsche wichtigste Periode, das ist die Zeit nach Ablauf des Mittelalters, zu bearbeiten.

Wir müssen daher in mehr als einer Beziehung den Vorwürfen zustimmen, welche von Seiten der Hegelianer gegen die historische Schule erhoben wurden. Nur liegen sie nicht begründet in dem Princip der letztern, sondern darin, daß ihre Kraft nicht ausreichte, um ihre höchsten Ziele zu verfolgen, und sie daher diejenigen fahren ließ, welche mittelst der blos philologischen Kritik nicht zu erreichen sind. Und wenn wir endlich die Sache von einem allgemeineren Standpunkt betrachten, so müssen wir es als ein Glück bezeichnen, daß die Einseitigkeit der historischen Schule den viel gefährlicheren Ausschweifungen der Hegelianer im Construiren und Zurechtmachen der Geschichte das Gegengewicht hielt. Jene hat uns den sicheren Boden gerettet, der uns zum Fortbau geblieben ist, nachdem die luftigen Gebilde der Hegelianer mit der befruchtenden Kraft anregender Visionen an uns vorübergerauscht sind.

Die Polemik der Hegelianer gegen die historische Schule hat indeß keineswegs der nicht-historischen, oder, wie sie sich selbst gern nannte, der philosophischen Schule größere Bedeutung verschafft. Zwar liebte es Gans, auf Thibaut und Feuerbach hinzuweisen: allein in der That hatte er mit ihnen nur die Abneigung gegen Savigny und seine Anhänger gemein; eine Hinneigung zur Hegel'schen Philosophie ist bei den genannten beiden Juristen nie hervorgetreten; sie blieben auf ihrem alten Standpunkte stehen, und haben ihren Einfluß mehr und mehr verloren. Als Thibaut im Jahre 1839 starb, durfte man sagen, daß der alte Gegensatz zur historischen Schule, dessen Repräsentant er gewesen, schon längst nicht eigentlich mehr bestanden habe. Denn ihre obersten Lehrsätze, die Methode, welche sie in's Leben gerufen, waren längst in das Gesammtbewußtsein der Juristen übergegangen. Zur unhistorischen Richtung wollte sich daher kaum Einer mehr bekennen. Aber freilich hatte mit dem Kampfe auch die intensive Macht der historischen Schule selber nachgelassen.

Dagegen war allgemach die große Bewegung, welche durch die Hegel'sche Philosophie auf allen Gebieten unseres geistigen Lebens angeregt war, auch in die Rechtswissenschaft eingedrungen. Zwar ist die Zahl der eigentlichen Hegelianer unter den Juristen gering geblieben. Doch aber kam eine Zeit, in der bei ihnen der Einfluß Hegel's mächtiger ward, als der Savigny's. Die Zeiten der historischen Schule gingen zu Ende und eine neue Phase der Entwicklung begann, in welcher als erstes Merkmal die überwiegende Hinneigung zum systematischen Erkennen des Rechts hervortritt. Man will sich mit dem blos thatsächlichen Wissen und historischen Erklären nicht mehr begnügen, sondern man will es begreifen und hinter die Dinge kommen. Zwar für die verständige, logische Anordnung des Stoffes, dieses erste Vehikel systematischen Verständnisses, war schon während der Zeit, von welcher hier bisher die Rede war, Erhebliches geleistet durch Heise, dessen „Grundriß für Pandektenvorlesungen" zu den einflußreichsten Büchern gehört. Allein mit einer bisher ungewohnten, in philosophischer Atmosphäre erworbenen, dialektischen Schärfe begann man jetzt die Begriffe zu prüfen und zu formuliren, um sie auf principielle Einheit zurückzuführen und aus ihnen das System zu erbauen. Das hervorragendste Werk dieser Art aus dem Ende der Dreißiger Jahre, ist, nächst dem auf Schelling'scher Grundlage ruhenden „System" und „Lehrbuch" von Puchta, die „Theorie des Civilrechts" von Kierulff, in welchem Hegel's Einfluß ganz unverkennbar hervortritt.

Indeß gerade dieses Werk zeigt in ebenso bedeutsamer Weise das andere Merkmal der neuen Entwickelungsstufe: es ist das Drängen auf eine mehr praktische Jurisprudenz, welches nur als ein Symptom der in dem Gesammtleben unserer Nation begonnenen Richtung auf praktische Ziele zu betrachten ist.

Nicht mit Unrecht hatte man längst den Vorwurf erhoben, daß die Juristen in ihrem gelehrten Bestreben, in ihrer Liebe zum historischen Erkennen, die Bedürfnisse des Lebens vernachläßigten, und ganz vergäßen, daß die Jurisprudenz eine wesentlich praktische Disciplin sei. Von Seiten der Germanisten ward dieser Vorwurf gegen die Romanisten gewendet mit dem Zusatze, daß das überwiegende Bestreben, in das Verständniß des reinen Römischen Rechts einzudringen, dahin geführt habe, den Sinn für das deutsche Recht und das heutige Rechtsleben zu verschließen und jenem einen ganz ungebührlichen Umfang der Gültigkeit zu vindiciren.

Wie Savigny zu dieser, jetzt in den Vordergrund tretenden Frage sich verhalte, wußte man nicht. Denn seit seiner Schrift über den Besitz hatte er keine Arbeiten auf dem Gebiete der Dogmatik veröffentlicht; und was über seine Vorlesungen verlautete, berechtigte zu keinem sicheren Urtheil. Doch war durch seine historischen Arbeiten die Meinung sehr allgemein erweckt worden, daß er für die dogmatischen und praktischen Fragen wenig Interesse hege, und sich daher gegen sie mindestens ablehnend, wenn nicht gar feindlich verhalten werde.

Da erschienen im Jahre 1840 zur größten Ueberraschung des juristischen Publicums die drei ersten Bände seines „Systems des heutigen Römischen Rechts," denen zwei weitere Bände unmittelbar folgten — ein Werk, in welchem uns der sechzigjährige Verfasser eine langsam gereifte Frucht seines Lebens darlegte, aber einer Seite seines Lebens, die bisher nur Wenigen bekannt gewesen, von Vielen sogar für verkümmert gehalten war.

Aber nicht das Ueberraschende dieser Erscheinung macht sie so merkwürdig, sondern, zunächst ganz abgesehen von ihrem speciellen Inhalte, der Umstand, daß derselbe Mann, welcher die historische Richtung der Juristen hervorgerufen, sie geleitet und in ihr seinen Ruhm gefunden hatte, **nun diese Periode für erfüllt und die Zeit für gekommen erklärte, wo die Wissenschaft eine seither vernachlässigte Bahn wieder betreten müsse.**

In der Vorrede, welche man einen Nekrolog der historischen Schule nennen kann, spricht er sich u. a. (Bd. 1 S. XIII) folgendermaßen aus: „Alles Gelingen in unserer Wissenschaft beruht auf dem Zusammenwirken verschiedener Geistesthätigkeiten. Um Eine derselben, und die aus ihr vorzugsweise entspringende wissenschaftliche Richtung in ihrer Eigenthümlichkeit zu bezeichnen, war früher von mir und Anderen arglos der Ausdruck der historischen Schule gebraucht worden. Es wurde damals diese Seite der Wissenschaft besonders hervorgehoben, nicht um den Werth anderer Thätigkeiten und Richtungen zu verneinen oder auch nur zu vermindern, sondern weil jene Thätigkeit lange Zeit hindurch vor anderen versäumt worden war, also vorübergehend mehr als andere einer eifrigen Vertretung bedurfte, um in ihr natürliches Recht wieder einzutreten."

An einer andern Stelle (S. XXII) heißt es weiter: „Betrachten wir nun aber den wirklichen Zustand unserer Rechtstheorie, wie sie jetzt ist, in Vergleichung mit dem Zustand, wie er vor Funfzig, und noch mehr, wie er vor Hundert Jahren war, so finden wir Vorzüge und Nachtheile sehr gemischt. Zwar wird Niemand verkennen, daß jetzt Vieles möglich geworden und wirklich geleistet ist, woran früher nicht zu denken war, ja, daß die Masse der hervorgearbeiteten Kenntnisse in Vergleichung mit jenen früheren Zeitpunkten sehr hoch steht. Sehen wir aber auf den eben geforderten praktischen Sinn, wodurch in den einzelnen Trägern der Theorie ihr Wissen belebt werden soll, so dürfte die Vergleichung minder vortheilhaft für die Gegenwart ausfallen. Dieser Mangel der Gegenwart aber steht im Zusammenhang mit der eigenthümlichen Richtung, die in den theoretischen Bestrebungen selbst gegenwärtig wahrzunehmen ist."

„Besteht nun also," fährt Savigny später (S. XXV) fort, „das Hauptübel unseres Rechtszustandes in einer stets wachsenden Scheidung zwischen Theorie und Praxis, so kann auch die Abhülfe nur in der Herstellung ihrer natürlichen Einheit gesucht werden. Gerade dazu aber kann das Römische Recht, wenn wir es richtig benutzen wollen, die wichtigsten Dienste leisten. Bei den römischen Juristen erscheint jene natürliche Einheit noch ungestört, und in lebendigster Wirksamkeit; es ist nicht ihr Verdienst, sowie der entgegengesetzte heutige Zustand mehr durch den allgemeinen Gang der Entwicklung, als durch die Schuld der Einzelnen herbeigeführt worden ist."

Mit bedenklichem Zweifel werden Viele dies Buch, das ein praktisches sein wollte, in die Hand genommen haben, eben weil es von Savigny kam. Noch Mehrere werden erwartet haben, daß Savigny in seiner Verehrung für das Römische Recht darauf ausgehen werde, diesem eine möglichst weitgehende und unveränderte Gültigkeit gegen alle Angriffe zu sichern. Und in gewissem Sinne schien das Werk diese Vorurtheile zu bestätigen. Denn außer dem unzweifelhaft gültigen Römischen Recht waren hier mit sorgfältigster Umsicht und Breite Untersuchungen dargelegt, welche über das Justinianische Recht weit hinausgingen, und recht eigentlich in die frühere Entwicklung des Römischen Rechts zurückführten, so daß man mit Erstaunen fragen konnte, wie denn diese in einem Systeme des heutigen Römischen Rechts Platz finden könnten? Allein eine genauere Beschäftigung mit diesem Werke mußte die Verwunderung geradezu nach der entgegengesetzten Seite wenden.

Am wenigsten zwar befriedigt das Buch die Erwartung, welche man an das erste Titelwort zu knüpfen berechtigt ist: denn ein System ist es seiner ganzen Anlage nach nicht; es fehlt dazu die principielle Einheit; und sowohl die Präcision, wie die logische Gliederung der Begriffe läßt Manches zu wünschen übrig; der Mangel speculativer Begabung ist auch hier unverkennbar. Aber was dieses Werk in eminenter Weise leistet, ist das intuitive Erfassen der Rechtsinstitute in Rücksicht auf ihre praktischen Functionen, ihre Zwecke im wirklichen Leben, der Gegenwart sowohl, wie der Vergangenheit. Ueberall nimmt Savigny sie nicht als kahle Abstracta, wie sie in der Schule nach logischen Forderungen zurecht gemacht sind und gewöhnlich in unsern Lehrbüchern erscheinen: sondern sie sind ihm Gestaltungen, welche aus den lebendigen Beziehungen der Menschen unter einander hervorgegangen, und nur aus diesen zu verstehen sind. In diesen einfachen, verständigen Reflexionen, in dieser gesunden Betrachtung der Natur der Sache, erkennen wir den nun gereiften, und daher noch weiter blickenden Verfasser des „Rechts des Besitzes" wieder, dem es gelungen ist, durch vertrauten Umgang mit den Römischen Juristen während eines Menschenalters, seinen Vorbildern nahe zu kommen. Denn auch in ihm haben die Rechtsinstitute Leben gewonnen; sie gestalten sich unter seinen Händen zu lebensfähigen Gebilden, zwar nicht immer nach präcisen Regeln, aber nach dem Gesetze, welches die Production des Künstlers bestimmt, das eine Wahrheit hat, obgleich es sich weder präcis aussprechen, noch auf streng logische Formeln reduciren läßt. Und so finden wir denn an Savigny's Deductionen dasselbe zu rühmen, aber auch dasselbe zu tadeln, wie an den classischen Juristen: neben jenem lebendigen Anschauen und Gestalten den Mangel speculativer Begründung, eine gewisse Willkürlichkeit und Incorrectheit in der Beweisführung, eine gewisse Eigenmächtigkeit in der Beseitigung von Schwierigkeiten. Ueberall aber begegnen wir dem ächt juristischen Tact, diesem undefinirbaren Etwas, das doch wohl auf nichts Anderem beruht, als auf der glücklichen Vereinigung theoretischen Wissens mit praktischer Anschauung zu einem individuellen Besitzthum. Eben darum ist dies Werk auch ein **praktisches** Buch im höheren Sinne des Worts, wenn auch keineswegs im Sinne des handwerksmäßigen Bedürfnisses. In der reinen Theorie nimmt es durch die gerühmten Eigenschaften, mit denen sich die bei **Savigny** selbstverständlichen Vorzüge umfassendster Gelehrsamkeit und schöner Darstellung verbinden, einen so hervorragenden Platz ein, wie kein anderes ihm vergleichbares. Es hat die darin behandelten Lehren der Mehrzahl nach zu einem gewissen Abschlusse gebracht, der sich freilich, wie zur Ehre und zum Segen der Wissenschaft zu hoffen war, immer mehr als ein nur vorläufiger Abschluß und mithin als Ausgangspunkt weiteren Forschens, ausweist.

Mehr aber noch als diejenigen, welche **Savigny** ein solch' praktisch-dogmatisches Buch nicht zutrauen mochten, sahen sich diejenigen beschämt, welche erwarteten, daß er bemüht sein werde, dem Römischen Rechte eine ungebührliche Herrschaft zu sichern. Denn sie mußten zugestehen, daß der Verfasser ganze Theile des Römischen Rechts für antiquirt erklärte, an deren Gültigkeit bis dahin kaum Einer von ihnen selbst theoretisch zu zweifeln gewagt hatte. Gerade die historischen Untersuchungen waren vielfach nur zu dem Zwecke hier dargelegt worden, um das Resultat zu begründen, daß eine Rechtslehre in der That abgestorben sei und nur aus Mißverständniß bisher ein Scheinleben in unseren Lehrbüchern fortgeführt habe. In dieser Richtung hat **Savigny's** „System" die entschiedensten Erfolge gehabt; denn es hat die geschichtliche Behandlung des Rechts vor dem praktischen Bedürfniß gerechtfertigt, mit diesem versöhnt.

Es ist seitdem ein unter den Juristen nicht mehr bestrittener Satz, daß das Ziel historischer Rechtswissenschaft nicht sei, das Abgestorbene wieder zu beleben und die Gegenwart unter die Bildungen der Vergangenheit zu beugen: sondern daß es liege in einer klaren und sicheren Auseinandersetzung zwischen uns und den Römern einerseits, zwischen uns und unseren Vorfahren andererseits. In dieser Auseinandersetzung und Abrechnung, welche Romanisten und Germanisten vereinigt, sind wir heutiges Tages begriffen. Die Befähigung dazu entstammt der historischen Schule, und **Savigny's** Beispiel selbst hat uns in dieser Richtung geleitet, deren praktisches Ziel kein anderes sein kann, als die Abfassung eines Allgemeinen Deutschen Civilgesetzbuchs, in welchem die Resultate der wissenschaftlichen Operation ihren Ausdruck finden werden.

So hat nun Savigny's Wirken einen herrlichen Kreislauf beschrieben: indem er ein voreiliges, unzeitiges nationales Unternehmen bekämpfte und uns auf die Bahn ächter Wissenschaft mit all' unseren Kräften lenkte, hat er uns fähig gemacht, jenes Werk mit gereifter Einsicht wieder in die Hand zu nehmen und uns selber dem Ziele entgegengeführt.

Das „System" ist Savigny's letztes, leider nur zum kleinsten Theile vollendetes Werk. Im Jahre 1842 trat er von seiner Professur zurück und übernahm das von seinem Verehrer König Friedrich Wilhelm IV. für ihn gestiftete Ministerium für die Revision der Gesetzgebung. Dies hohe Amt hat zwar die Märztage des Jahres 1848 nur kurz überdauert, aber gerade sechs kostbare Jahre eines kräftigen Greisenalters der Wissenschaft geraubt, ohne dafür durch Förderung praktischer Interessen ein Aequivalent zu bieten. Denn auch diejenigen, welche über Savigny's Leistungen als Minister ein weniger ungünstiges Urtheil fällen, als es von anderen Seiten geschieht; selbst diejenigen, welche seinen Einfluß auf die Revision des Civilprocesses, der Ehegesetze, des Wechselrechts u. s. w. nicht unterschätzen — räumen bereitwilligst ein, daß alles dieses zu demjenigen, welches wir von ihm auf dem Gebiete der Wissenschaft noch zu hoffen berechtigt waren, in gar keinem Verhältnisse stehe. Die Vollendung des „Systems" konnte bei ungestörter wissenschaftlicher Thätigkeit des rüstigen Sechzigers erwartet werden. Jetzt gerieth sie in's Stocken. Erst im Jahre 1847 erschien der sechste Band, in den folgenden beiden der siebente und achte, zugleich aber die Erklärung, daß eine Vollendung des Werks nach dem ursprünglichen Plane nicht mehr zu erwarten stehe; die bisher erschienenen Bände, welche die allgemeinen Lehren enthielten, sollten daher jetzt als ein selbstständiges Ganze gelten und ebenso die etwa noch erscheinenden Bearbeitungen specieller Lehren. Noch zwei Bände, den Anfang des Obligationen-Rechts enthaltend, sind uns in den Jahren 1851 und 1853 zu Theil geworden — damit schloß für immer Savigny's schriftstellerische Thätigkeit.

Er hat seitdem das stille Leben eines Greises geführt, der an die Welt zwar noch durch manches edlere Interesse, aber nicht mehr durch die Pflichten des Wirkens geknüpft ist; getragen von der dankbaren Verehrung der gesammten juristischen Welt, die den Tag seines funfzigjährigen Doctorjubiläums (31. October 1850) zu einem Festtage ohne Gleichen erhob.

Am 25. October 1861 setzte ein sanfter Tod diesem Leben ein Ende, das wir in jedem Betracht ein schönes und großes nennen dürfen.

Savigny.

(Separatabdruck aus dem IX. Bande des Deutschen Staatswörterbuchs.)

Die Familie, welcher das Haupt der historischen Rechtsschule entstammt, gehörte zu den begütertesten und angesehensten Geschlechtern der erbgesessenen Ritterschaft des Herzogthums Oberlothringen, somit zum burgundisch-lothringischen Adel des deutschen Reichs. Die Herrschaft Savigny liegt im lothringischen Amte Charmes im Stromgebiet der Mosel. Schon in den Zeiten der Kreuzzüge kämpfte ein Ritter Andreas von Savigny an der Seite Richard's v. England gegen Saladin, einen Johann von Savigny ernannte Kaiser Heinrich VII. 1353 zum Kapitän von Rom. In den Kämpfen zwischen Frankreich und Deutschland hat die Familie stets zum deutschen Reich gehalten. Als aber Lothringen immer mehr in französische Hände gerieth, führte während des dreißigjährigen Krieges im Jahre 1630 der Graf Philipp v. Leiningen-Westerburg den achtjährigen Paul v. Savigny der protestantischen Religion wegen von Metz nach Deutschland. Die lothringische Familie ist seither erloschen, die Abkömmlinge jenes Paul v. Savigny aber haben sich als Minister kleinerer süddeutscher Fürsten im 17. und 18. Jahrhundert durch Patriotismus und Begabung hervorgethan. Der Großenkel desselben, Christian Ludwig Karl v. S., Geheimer Rath in Isenburgisch-Birstein'schen Diensten und Mitglied der deutschen Reichsritterschaft, siedelte als Kreistagsgesandter mehrerer Fürsten des Oberrheinischen Kreises nach Frankfurt a./M. über.

Dort wurde ihm Friedrich Karl am 21. Februar 1779 geboren. Schon im 11. Lebensjahre verlor dieser den tüchtigen Vater, ein Jahr darauf die fromme und hochbegabte Mutter. Der Verwaiste wurde von seinem Vormund, einem Freunde des Vaters, dem gelehrten Assessor am Reichskammergericht, Herrn v. Neurath, mit großer Sorgfalt erzogen, und als fünfzehnjähriger zuerst in die Rechtswissenschaft eingeführt; freilich, nach damaliger Methode, in so trockener und pedantischer Weise, daß der Jüngling hier von dem künftigen Berufe eher abgeschreckt werden mußte. Ein Jahr darauf bezog er die Universität zu Marburg, und wurde von dem gründlich gebildeten Professor der Pandekten, Philipp Friedrich Weiß, einem Romanisten aus der eleganten Holländischen Rechtsschule, der namentlich der ganz vernachlässigten Literärgeschichte des römischen Rechts eine sehr umfassende, wenn auch schriftstellerisch wenig ergiebige Thätigkeit zuwendete, mit glücklichem Erfolge zur gründlichen Quellen- und Literaturforschung angeleitet. Wie S. stets das Andenken des würdigen Lehrers in liebevoller Pietät geehrt, so hat dieser früh in dem Schüler den einstigen Reformator der Wissenschaft erkannt, als er ihn für den Ersten unter Allen erklärte, welche er jemals in der Wissenschaft eingeführt habe.

Die nächsten Jahre brachte S. theils in Göttingen zu, wo ihn jedoch weniger die juristischen Vorträge — Hugo hat er nicht gehört — als der glänzende Historiker Spittler anzog, theils wieder in Marburg, dann in Leipzig, Jena, Halle, meist kürzere Zeit, in angestrengter Privatarbeit, welche nur durch wiederholte Krankheitsanfälle unterbrochen wurde. Am 31. Oktober 1800 erlangte er in Marburg die juristische Doktorwürde, und begann alsbald mit großem Erfolge seine Lehrthätigkeit, zuerst über Strafrecht, welchem seine gediegene Inauguraldissertation über die formale Konkurrenz der Verbrechen angehört, schon im folgenden Sommer und von da ausschließlich über römisches Privatrecht, Institutionen und Röm. Rechtsgeschichte. Bereits im Jahre 1803 erschien sein erstes größeres Werk „das Recht des Besitzes". In diesem klassischen Buche, das von keinem seiner späteren übertroffen worden ist und den Namen des 24 jährigen Rechtslehrers unter die ersten deutschen Juristen stellte, zeigte er nicht allein höchsten Scharfsinn und gediegenste Gelehrsamkeit, handhabte er nicht allein die deutsche Rechtssprache mit einer der Lessing-Göthe'schen Zeit würdigen Meisterschaft — mit diesem Buche begann eine neue Epoche der Rechtswissenschaft. Denn, frei von allem Schul- und Autoritätenzwang weiß er eine bisher für überaus künstlich und verwickelt erachtete Lehre in ihrer großartigen Einfachheit gleichsam aus dem vollen Leben heraus zu entwickeln, und indem er dem Gedankengange der großen römischen Juristen nachgeht, die echte **juristische Methode**, welche seit den großen französischen Civilisten des 16. Jahrhunderts verloren gegangen war, wieder ins Leben zu rufen. Schon hier tritt in überraschender Vollendung die an allen seinen Schriften so hoch gepriesene ruhige Klarheit hervor, nämlich eine der vollkommenen Herrschaft über dem Stoff wie der Harmonie der eigenen Natur entspringende **Objektivität**, welche den Stoff gleichsam zwingt, sich selbst in aller Reinheit dem Leser darzustellen.

Auch eine höhere kulturgeschichtliche Bedeutung wohnt diesem Buche inne. Mehr als jede andere Wissenschaft war im 18. Jahrhundert die Jurisprudenz in hohlem Formalismus, in pedantischer Geist- und Geschmacklosigkeit, in unfruchtbarer Autoritätenverehrung verknöchert. An einer geistigen Beherrschung des seit der Reception des römischen Rechts in Deutschland eingetretenen höchst verwickelten, und nur auf geschichtlichem Wege zu durchbringenden Rechtszustandes fehlte es vollkommen. Die tiefere geschichtliche Kenntniß des römischen wie des einheimischen Rechts mangelte, trotz der tüchtigen Leistungen der französischen und holländischen Civilistenschule und mancher beachtenswerthen deutschen Arbeiten, durchaus. Was man als Rechtsgeschichte lehrte, war eine ganz äußerliche, „elegante" Zuthat, welche auf die Rechtshandhabung keinerlei Einfluß äußerte. Mechanisch wendete man die Bestimmungen des Justinianeischen „Gesetzbuchs" an, nicht als freie Ergebnisse römischer Wissenschaft, denen man nachzudenken, sondern als todte Gesetze, welche man zu sammeln und zu ordnen habe. Statt selbst zu denken, folgte man, wie die scholastische Jurisprudenz des 14. und 15. Jahrhunderts, der Autorität der Lehrmeinung und des Gerichtsgebrauchs. Ein wirres Konglomerat von römischen, deutschen und kanonischen Rechtssätzen, hier so dort anders verstanden, ein Gemengfei höchst unklarer traditionell gewordener Begriffe bildete das gemeine Recht Deutschlands, dargestellt in schlechtem Latein, oder in noch schlechterem geschmacklosen Deutsch. Noch schlimmer sah es mit der Kenntniß des einheimischen Rechts aus, das man höchst willkührlich und kritiklos aus den alten Volksrechten, den Spiegeln, den Stadtrechten und den neueren Landesgesetzgebungen compilirte. Die Gelehrten verachteten es, die Männer der Aufklärung sahen darin nur barbarische Gesetze. Ein namhafter Gelehrter und tüchtiger Praktiker, der preußische Großkanzler Samuel v. Cocceji, schildert 1749, um die Nothwendigkeit des projektirten preußischen Gesetzbuchs zu erweisen, den deutschen Rechtszustand in einer für die herrschende Auffassung höchst bezeichnenden Weise: „Es subsistiren alle gegen die konfuse Kompilation des römischen Corporis juris angeführten Mängel. Es subsistiret die Unordnung, welche aus den verschiedenen Interpretationibus der Glossatorum, und aus den täglich sich vermehrenden Responsis und Decisionibus der Rechtsgelehrten, nothwendig folgen und das Recht arbitrarium machen muß. Es subsistiret die Kollision zwischen dem Jure Romano und den deutschen Gesetzen, welche insonderheit einige neuere Doctores, um die Ungewißheit der Rechte zu vermehren, privata auctoritate bei den Haaren wieder hervorgezogen haben."

Solchen Zuständen und Anschauungen gegenüber hatte die rationalistische Lehre des Naturrechts leichtes Spiel. Das Bestehende erschien so unvernünftig, daß man aus der geistlosen Oede der Gegenwart sich auf das Gebiet der Abstraktion rettete, von dem idealen Staat und von dem ewigen, gleichen Recht für alle Menschen träumte, welches man aus dem schlechtverstandenen positiven Recht sich beliebig herauskonstruirte. — Allerdings hatte schon vor S. der Umschwung begonnen, die großartigen neuen Errungenschaften Deutschlands auf dem Gesammtgebiete des geistigen Lebens, in Dichtkunst, Philosophie, Alterthumskunde und Geschichtsforschung, äußerten auch auf die Jurisprudenz ihren Einfluß. Gustav Hugo war mit ätzender Kritik der herrschenden Ungründlichkeit zu Leibe gegangen, hatte in tüchtiger philologischer Forschung eine quellenmäßige Behandlung zunächst der römischen Rechtsgeschichte und deren Verbindung mit den praktischen Disciplinen angebahnt, und gediegene Gelehrte, wie Haubold, Cramer, Schrader, Fr. Aug. Biener, Dirksen hatten sich ihm angeschlossen; Männer von Geist und Geschmack, wie Arnold Heise, Thibaut, Hufeland, Eg. von Löhr eine gründlichere und zugleich anziehendere Behandlung des römischen Rechts begonnen. Allein alle diese Männer standen noch wesentlich auf dem Boden des alten Rationalismus, und wenn sie auch den Werth der Rechtsgeschichte besser als ihre Vorgänger würdigten, so erblickten sie doch die Aufgabe der Wissenschaft wesentlich in einer philosophirenden Methode, um die Gesetze Justinian's mit den Anforderungen des gesunden Menschenverstandes, der natürlichen Vernunft in Einklang zu bringen. Erst in S.'s reicherer und durchbildeterer Persönlichkeit wird der ganze geistige Aufschwung der Zeit auf die Rechtswissenschaft übertragen, und deren nächste und dringendste Aufgabe ebenso klar erfaßt als formulirt.

Doch erst ein Jahrzehnt später bot sich S. die Veranlassung, seiner Auffassung vom Wesen des Rechts und der Rechtswissenschaft diesen klaren Ausdruck zu geben. In glücklicher äußerer Unabhängigkeit, emsig das gewaltige Material für seine „Geschichte des römischen Rechts im Mittelalter" (1815—1831, 6 Bde) sammelnd, in welcher er das Fortleben desselben auch nach dem Sturze des römischen Reichs im ganzen Abendlande, wenngleich nur zum Theil gekannt und noch weniger verstanden, die wissenschaftliche Wiederauferstehung desselben in der Glossatorenzeit dargelegt, und in der anschließenden civilistischen Literärgeschichte bis zum Beginne des 16. Jahrhunderts mit unübertrefflicher Sorgfalt und Genauigkeit diesen Zweig der Rechtswissenschaft begründet hat — verbrachte er die Jahre 1800—1808 als hochgefeierter Lehrer in Marburg und auf größeren wissenschaftlichen Reisen in Deutschland und Frankreich; dann als Hessen unter die Napoleonische Herrschaft gefallen war, siedelte er nach Landshut über, ward aber schon 1810 von Wilhelm von Humbold dazu ausersehen, an der neu zu begründenden Berliner Hochschule die Leitung der rechtswissenschaftlichen Studien zu übernehmen. Hier im Verein mit Fichte und Schleiermacher, enge verbunden mit Niebuhr und C. Fr. Eichhorn, beginnt die glänzendste Zeit seiner Wirksamkeit. Er war der erste Rektor der neuen Universität, 32 Jahre hat er an derselben als der angesehenste und einflußreichste Rechtslehrer Deutschlands gewirkt. In diese Zeit fällt, außer dem vorstehend erwähnten Geschichtswerk, eine größere Zahl vorzüglicher rechtshistorischer Abhandlungen, meist in der mit Eichhorn und Göschen 1815 begründeten Zeitschrift für geschichtliche Rechtswissenschaft veröffentlicht; das Ende dieser Periode bezeichnet sein großes dogmatisches Hauptwerk: das „System des heutigen römischen Rechts" (Bd. I — V. 1840/41. Bd. VI — VIII. 1847/49). Das Programm aber seiner wissenschaftlichen Richtung und der Schule, welche sich alsbald um ihn gruppirte, hat er bereits 1814 ausgesprochen in der kleinen Schrift „Ueber den Beruf unserer Zeit zur Gesetzgebung und Rechtswissenschaft", veranlaßt durch Thibaut's unmittelbar vorher erschienene Flugschrift: „Ueber die Nothwendigkeit eines allgemeinen bürgerlichen Rechts für Deutschland."

Schon seit Jahrhunderten waren manche Projekte aufgetaucht, das Corpus juris civilis durch ein neues systematisches Gesetzbuch zu ersetzen. Doch die Misere der deutschen Staatszustände hatte es nie zu einem ernstlichem Versuch dieser Richtung kommen lassen. Im 18. Jahrhundert aber, unter dem Einfluß der rationalistischen Zeitanschauungen, nach denen durch eine einheitliche, populäre, streng systematisch geordnete Gesetzgebung in der Landessprache alle Schäden des bestehenden Rechtszustandes geheilt, die ganze verderbliche „Willkühr" der Rechtsgelehrten beseitigt werden könnte, aber auch in dem ernsten und redlichen Streben nach durchgreifender Besserung wie nach festerer Einigung ihrer bunt zusammengewürfelten oder doch bisher nur lose verbundenen Provinzen, gingen die deutschen Fürsten des 18. Jahrhunderts, dann die Staatsmänner der französischen Revolution an diese Aufgabe. So erhielt Preußen zu seiner bürgerlichen Proceßordnung 1794 das Allgemeine Landrecht, die lange begonnene österreichische Gesetzgebung kam 1811 zum Abschluß, Frankreich und mit ihm die deutschen Länder des linken Rheinufers, bald auch andere erhielten seit 1808 die französischen Gesetzbücher. An ein gemeinsames deutsches Gesetzbuch ward nicht einmal gedacht. So war der größte Theil Deutschlands unter neue Gesetzbücher gebracht, welche zwar die Grundlage mit dem Recht der übrigen deutschen Staaten gemein hatten, aber doch äußerlich von denselben völlig getrennt. Mit dem heiligen römischen Reich deutscher Nation war auch die deutsche Rechtsgemeinschaft gelöst. Und schon unter der Napoleonischen Herrschaft waren manche Stimmen laut geworden, welche die Annahme des französischen Gesetzbuchs in allen Rheinbundstaaten dringend empfahlen, damit alle der gleichen Segnung theilhaftig würden.

Zu den entschiedensten Gegnern dieser antinationalen Bestrebungen hatte Thibaut gehört, ein patriotischer Mann von Geist, feiner klassischer Bildung und gediegener Gelehrsamkeit. Unmittelbar aber nach der Befreiung Deutschlands, noch im Sommer 1814 schrieb Thibaut, „so recht aus der vollen Wärme seines Herzens", jene vorerwähnte Abhandlung, in welcher er zum erstenmal seit Jahrhunderten ein gemeinschaftliches deutsches Gesetzbuch des bürgerlichen Rechts bringend empfahl, nicht allein um der drohenden weiteren partikulären Zersplitterung vorzubeugen, sondern auch um die unleidlichen Rechtszustände dauernd zu bessern. In unserem ganzen geltenden Recht fand Thibaut nur einen nicht einmal für den Gelehrten zu überwältigenden Wust schlechter oder veralteter und widerstreitender Gesetze, selbst in dem römischen Recht sah der scharfsinnige Civilist, trotz aller vorzüglichen Einzelheiten, doch im Wesentlichen nur ein mißrathenes Gesetzbuch aus der Zeit des tiefsten Verfalls der Römer, von dem nur ein kleiner Theil beibehalten werden könne. „Ein einfaches Nationalgesetzbuch, mit deutscher Kraft im deutschem Geiste gearbeitet, wird jedem auch nur mittelmäßigen Kopfe in allen seinen Theilen zugänglich sein, und unsere Anwälte und Richter werden dadurch endlich in die Lage kommen, daß ihnen für jeden Fall das Recht lebendig gegenwärtig ist. Mit unseren bisherigen gelehrten Erörterungen haben wir uns zwar immer tiefer in Philologie und Geschichte hineingewühlt, aber der kräftige Sinn für Recht und Unrecht, für die Bedürfnisse des Volkes, für ehrwürdige Einfalt und Strenge der Gesetze ist bei diesem mühseligen Treiben immer stumpfer geworden. Was hätte sich auch für jene Fortbildung thun lassen, da die mehrsten Theile unseres positiven Rechts durch und durch verdorben sind, da wir ihre Gründe selten genau kennen, und da so auf der einen Seite keine Hoffnung der Besserung, und auf der anderen Seite wenig Gelegenheit zu belebenden Erörterungen war. Wäre dagegen ein kräftiges, einheimisches Gesetzbuch das Gemeingut Aller, wäre es von anerkannt bedeutenden Staatsmännern und Gelehrten verfaßt, nach reifer Prüfung und voller Benutzung des öffentlichen Urtheils, und wären dann auch dessen Gründe mit unbedingter Offenheit zur allgemeinen Kenntniß gebracht, so würde nun die wahre Rechtswissenschaft, d. h. die philosophirende, sich frei und leicht bewegen können, und Jeder würde Gelegenheit und Hoffnung haben, zur ferneren Vervollkommnung dieses großen Nationalwerkes mitzuwirken."

Hier nun trat S. mit aller Milde, aber auch mit tiefem Ernst dem bisher eng verbundenen Freunde entgegen. Wie er in seinem „Recht des Besitzes" die wahre Methode wissenschaftlicher Rechtsforschung praktisch gezeigt hatte, so legte er jetzt die Axt an die Wurzel der herrschenden Meinung. Thibaut hatte geklagt: Unser Rechtszustand ist schlecht, weil wir so verschiedenes und schwer zu ermittelndes Recht haben, das in verschiedenen mangelhaften Gesetzbüchern höchst unklar niedergelegt ist, welches überdies den Anforderungen des deutschen Geistes und unserer Zeit insbesondere nicht entspricht, — also wollen wir ein gemeinschaftliches Gesetzbuch machen. S. erwiederte: Unser Rechtszustand ist schlecht, aber unser wirkliches Recht ist nicht so schlecht, wie man glaubt, das Römische insbesondere, wenn nur richtig verstanden, von unübertrefflichem Werth für alle Zeiten. Wir dürfen, um des augenblicklichen Nothstandes willen, nicht leichtsinnig ein unschätzbares Gut dahingeben. Das Hauptübel liegt darin, daß wir unser bestehendes Recht nicht gehörig verstehen. Dazu aber bedürfte es der kritisch geschichtlichen Forschung, welche überall in die Bildungsgeschichte der Völker und ihres Rechts zurückgreifend, nachweise, wie dasselbe allmählich aus ihren geistigen Anlagen und Kulturzuständen hervorgewachsen sei, ein Erzeugniß nicht gesetzgeberischer Weisheit und willkührlicher Schöpfung, sondern ein organisches Produkt des Volksgeistes, gleich seiner Sprache, seiner Kunst, seiner gesammten Sitte. In großen Zügen und an der Hand der Geschichte wies er in glänzender, farbenreicher Darstellung die wahre Bildung des Rechts, das Princip der Nationalität desselben auf — nicht ohne häufigen Anklang an Montesquieu'sche Ideen, aber in freierer, reiferer Weise dieselben weiterführend. Er zeigte, wie überall ein guter Rechtszustand ohne ein einheitliches Gesetzbuch bestehen könne, daß die Gesetzgebung nicht sowohl die Aufgabe habe, nach freier Zweckmäßigkeitserwägung neues Recht zu schaffen, als vielmehr das in der Volksüberzeugung oder in der wissenschaftlichen Ueberzeugung der Juristen bereits begründete Recht, wo das Noth thue, gegen Anfechtung klar und sicher zu stellen. So trat die Gesetzgebung gegen die Volkssitte, den Ausdruck des Gewohnheitsrechts, und gegen die Rechtswissenschaft in eine sekundäre Stellung zurück.

Allein S. erklärte sich keineswegs gegen alle Gesetzgebung. Nur glaubte er, daß eine Kodifikation mehr alternden Völkern gezieme, hingegen das deutsche Volk dieselbe zur Zeit noch entbehren könne, da es einen noch lange nicht gehobenen Schatz echter Produktivität in sich trage; er erachtete den gegenwärtigen Zeitpunkt zur Kodifikation nicht geeignet, weil es noch zu sehr an der erforderlichen geistigen Durchdringung des geltenden Rechtsstoffes fehle. Unter solchen Umständen werde die Gesetzgebung selbst höchst unreif werden, sie werde zahlreiche herrschende Mißverständnisse und Irrthümer verewigen, sie werde an die Stelle einiger beseitigter Zweifel zahlreichere neue setzen. Was vom römischen und einheimischen Recht noch wirklich lebensfähig, was abgestorben und zu beseitigen sei, diese zur Gesetzgebung erforderliche Grundeinsicht fehle noch vollkommen, und sei nur durch geschichtliche Forschung zu gewinnen. Und ein Jahr darauf trat er der berüchtigten Schmähschrift des bayerischen Staatsraths N. Th. v. Gönner „über Gesetzgebung und Rechtswissenschaft in unsrer Zeit" in der vollen Ueberlegenheit sittlicher Hoheit und Tiefe mit vernichtender Kritik entgegen, und vertheidigte seine Ansicht gegen alle absichtlichen Verdrehungen, wie gegen alle auf der herrschenden Unklarheit und Oberflächlichkeit beruhenden Mißverständnisse.

Ohne Zweifel lassen sich gegen S.'s Auffassung von der Aufgabe und Räthlichkeit der Gesetzgebung, insbesondere der gemeinsamen deutschen Kodifikation, sehr gewichtige Einwendungen erheben. Wäre es schon im Jahre 1814 möglich gewesen, ein gemeinsames deutsches Gesetzbuch des bürgerlichen Rechts zu schaffen, so hätte von der Durchführung dieser Aufgabe weder die allgemeine Erwägung abhalten dürfen, daß die Gesetzgebung nicht so viel bessere, als die herrschende Ansicht vermeinte, noch auch die unzweifelhafte Unreife der damaligen Rechtswissenschaft. Denn für die Wissenschaft gibt es niemals eine Reife, und die Gesetzgebung, wo sie an sich nöthig erscheint, verschieben bis die Wissenschaft über alle wichtigen Fragen zu sicheren Lösungen gelangt ist, hieße die Aufgabe auf immer vertagen. Auch waltet stets die Gefahr ob, daß die Gesetzgebung, auch wo sie auf das Nothwendigste sich beschränkt, den stillen Fortschritt der Wissenschaft durch Fixirung unwahrer oder halbwahrer Ansicht hemme. Andererseits hat die Gesetzgebung auch sicherlich nicht allein die Aufgabe, das bestehende Recht sichernd zusammenzufassen, sondern sie soll auch, wo, gleichviel aus welchen Ursachen, eine Stagnation der Rechtsbildung oder umgekehrt ein nicht mehr zu beherrschendes Uebermaß derselben eingetreten ist, mit klarer Erfassung der Zeitbedürfnisse die Entwickelung fördernd, die Hemmnisse beseitigend, die geilen Schößlinge abschneidend selbstthätig eingreifen. Und wie vielen Schäden unseres bestehenden Rechtszustandes würde eine gemeinsame deutsche Gesetzgebung abhelfen können! Vor Allem würde durch sie die gewiß weder der Rechtshandhabung noch selbst der Wissenschaft förderliche formelle Geltung des Corpus juris civilis und canonici beseitigt, der vielfach unberechtigten Zersplitterung unseres Rechts in den verschiedenen Theilen Deutschlands ein Ziel gesetzt, es würde das wichtige Band gemeinsamer Rechtsinstitutionen um die auseinanderstrebenden Glieder geschlungen werden; es würden alle Kräfte der Nation sich ungetheilt der Einen großen Aufgabe der Förderung des gemeinschaftlichen Rechts widmen können, während gegenwärtig unschätzbare Kraft nur für kleine Kreise verwerthet wird.

Allein S.'s Opposition hat sicherlich das Zustandekommen dieses deutschen Gesetzbuchs nicht verhindert, weil eher die Abfassung neuer partikulärer, nur die Zersplitterung fördernder Gesetzbücher. Denn wer erwägt, welche Zustände alsbald nach den Befreiungskriegen in Deutschland eintraten, wie die dringendsten und wichtigsten Aufgaben der Nation in den Protokollen des Bundestags und in den Akten der Demagogenverfolgungen begraben wurden, wird schwerlich glauben, daß dieses große und schwierige Werk selbst der allseitigsten patriotischen Empfehlung gelungen wäre. Vielmehr besteht das große Verdienst S.'s gerade darin, daß er, statt unfruchtbarer Klagen über den tiefen Verfall des Rechts, statt der Vertröstung auf eine mögliche, aber in jener Zeit gewiß nicht erreichbare Heilung durch ein deutsches Gesetzbuch, thatkräftig die Reinigung des geltenden Rechts auf wissenschaftlichem Wege, die als Vorbedingung der Gesetzgebung erforderte durchgreifende Regeneration der Wissenschaft in Angriff nahm, und dadurch im Laufe kaum Eines Menschenalters den erfreulichsten Umschwung bewirkt hat. Mit einer der früheren Generation ganz abhandengekommenen Liebe und Pietät, mit geschärftem Sinn für die Eigenthümlichkeit eines jeden Volkes und jede Entwickelungsepoche desselben, vertieften sich unter S.'s eifrigster Förderung und Anregung zahllose ältere und jüngere Gelehrte in die Vergangenheit des römischen und deutschen Volkes. Längst Vergessenes wurde fruchtbar gemacht, neue Quellen durch Zufall oder durch emsige Nachforschung entdeckt — die Arbeit der französischen Civilistenschule des 16. Jahrhunderts, in gleicher Verbindung von Alterthumskunde, Geschichte, Philologie und Jurisprudenz, in reiferer Weise wiederaufgenommen und gefördert, der Umfang des bisherigen Wissens überall nicht allein vermehrt, sondern auch vertieft und kritisch gereinigt. Und so bald und so deutlich sind die Ergebnisse dieser großen Arbeit hervorgetreten, daß nach kaum einem Menschenalter die Gegner verstummt waren, daß die historische Richtung nicht mehr Eigenthum Einer Schule, sondern sicheres Gemeingut der deutschen Wissenschaft geworden war. Das durfte S. schon im September 1839 in der Vorrede zu seinem „System des heutigen römischen Rechts" erklären, in welchem er die eigene vierzigjährige Arbeit und die der Zeitgenossen, wie in einem Spiegel zusammenfassend, nicht, wie seine Gegner geglaubt hatten, den Gelehrten römische Rechtsalterthümer, sondern der deutschen Praxis das Ergebniß der kritisch-geschichtlichen Forschung zur unmittelbaren Anwendung überlieferte. Hier, wie in seinem ersten Werke über den Besitz, erwies er sich als eine eminent praktische Natur, und nur dieser Eigenschaft ist es zuzuschreiben, daß kein Jurist unseres Jahrhunderts sich eines annähernd gleichen Einflusses auf die deutsche Praxis rühmen darf, seine Autorität für diese fast eine unanfechtbare geworden ist.

Zwei Vorwürfe hat man insbesondere der historischen Schule gemacht. Man behauptete, daß sie das fremde Recht zu sehr auf Kosten des einheimischen begünstige. Man klagte sie weiter an, daß sie der Philosophie völlig abgewendet, die ganze Aufgabe der Wissenschaft in der äußerlichen Darstellung des Gegebenen sehe.

Beide Vorwürfe sind einzelnen Mitgliedern der Schule gegenüber nicht ungegründet, treffen aber weder diese selbst, noch insbesondere S.

Vielmehr begann gleichzeitig mit der tieferen Erforschung des römischen Rechtsstoffes auch die umfassende geschichtliche Ergründung des einheimischen Rechts, überhaupt erst mit der historischen Schule ein wissenschaftliches Studium desselben. C. Fr. Eichhorn stand mit S. an der Spitze der Zeitschrift für geschichtliche Rechtswissenschaft; Jakob Grimm war sein treuester Schüler und Freund; Johannes Merkel hat als S.'s Gehülfe und unter dessen eifrigster Anregung seine nur zu kurze Laufbahn begonnen. S. selbst hat in der Geschichte des römischen Rechts im Mittelalter zuerst wichtigste Theile der einheimischen Rechtsgeschichte in bahnbrechender Weise behandelt; er hat in dem System des heutigen römischen Rechts, zum Erstaunen der Gegner und fast der Schüler, zahlreiche Institute des römischen Rechts, welche selbst die praktisch rationalistische Schule bisher ganz unbefangen zu den geltenden gezählt hatte, für unanwendbar erklärt, weil er auf dem Wege geschichtlicher Forschung die Ueberzeugung gewonnen hatte, daß sie auf eigentlich römischen Staatszuständen beruhen, und darum der Gegenwart nicht mehr angehören; ja er trägt wohl auch, um des praktischen Bedürfnisses willen, manche schwer zu beweisende Sätze in das römische Recht hinein. Sogar über das preußische Recht, welches trotz des fast dreißigjähren Bestehens des besonderen Gesetzbuchs auf den Universitäten völlig ignorirt worden war, hat S. die ersten Vorträge gehalten und zur wissenschaftlichen Behandlung desselben den Anstoß gegeben. So hat er mehr, als irgend einer seiner Gegner für die Förderung des einheimischen Rechts und für die Ausscheidung specifisch römischer Elemente gewirkt. Um so entschiedener aber nahm er freilich für das gründliche Studium des römischen Rechts, gegenüber unklarer patriotischer Erregung, die volle Berechtigung auch vom nationalen Standpunkt aus in Anspruch, indem er treffend hervorhob, daß wir, da dasselbe nun einmal einen höchst beträchtlichen Theil unseres geltenden Rechts bildet, und als Bildungs- und Erziehungsmittel niemals entbehrlich werden wird, nur die Wahl haben, es vollkommen geistig zu beherrschen, oder uns von dem halbverstandenen beherrschen zu lassen.

Nicht begründeter ist der zweite Vorwurf. Allerdings stellte sich S. dem Rationalismus, nicht aber der Philosophie entgegen. Vielmehr geht er selbst in seiner Theorie der Bildung von Recht und Staat von dem zuerst durch Schelling (Vorlesungen über die Methode des akademischen Studiums 1803) aufgestellten, nur wenig modificirten, Satze aus, daß die leitenden Rechtsideen nicht durch die subjektiven Ideen des menschlichen Geistes bestimmt würden, sondern durch den in der Weltgeschichte — und daher in jedem Volk — sich mit innerer Nothwendigkeit offenbarenden Weltgeist — Volksgeist; der Staat sei nicht eine bloße Anstalt um den subjektiven Zwecken der Menschen zu dienen, und empfange seine Gesetze daher auch nicht durch deren Willkühr. So gelangte er dazu, den Werth und die Selbständigkeit eines jeden Zeitalters gleichmäßig anzuerkennen, und in jedem wirklich Gewordenen auch ein Vernünftiges zu finden, zu entschiedenem Gegensatz zu der klügelnden und überweisen Ansicht, welche sich vermißt, vom Standpunkt der Gegenwart aus die ganze Vergangenheit zu verurtheilen. Indem er Achtung vor dem geschichtlich Gewordenen verlangte, indem er nachwies, wie nicht durch Belieben der Gesetzgeber und durch Verträge der einzelnen Menschen Recht und Staat geschaffen, sondern wie beide durch gegebene Urkräfte in Anlage und Charakter eines jeden Volkes, durch dessen eigenthümliche Kultur- und Bildungszustände bedingt seien, hat er dem vagen und subjektiven Naturrecht gegenüber einen gleichen Fortschritt herbeigeführt, wie die exakte Naturforschung mittelst des Experiments gegenüber der Naturphilosophie, welche sich vermaß, die Erscheinungen und Gesetze der Natur aus dem Begriffe herzuleiten. Er hat so für das Recht die Induktive Methode begründet, von welcher allein aller Fortschritt in der

Wissenschaft ausgehen kann. Er erkennt ausdrücklich die Nothwendigkeit philosophischer Behandlungsweise an, denn er stellt der Wissenschaft die Aufgabe, nachdem sie das bestehende Recht, wie es wirklich geworden, erkannt hat, das Einzelne zu einem innerlichen Ganzen zu verknüpfen, dessen Gesetze darzulegen und in ihren Folgerungen zu entwickeln; er erkennt hier einen unbegrenzten Fortschritt für die Wissenschaft an (Gesch. d. römischen Rechts im Mittelalter Bd. VI. S. 9). Allein S. hat sich damit begnügt, das Verhältniß zwischen der geschichtlichen und der philosophischen Rechtsforschung festzustellen; die höchste Aufgabe der Wissenschaft, die Auffindung der Gesetze der Rechtsbildung selber aus der geistigen und sittlichen Natur der Menschheit, aus dem Geistesleben und der Gestaltung der wirthschaftlichen Verhältnisse eines jeden Volkes, die darauf gestützte Kritik der wechselnden Erscheinungsformen des Rechts hat er nur angedeutet. Er hat den Weg zur Lösung auch dieser Aufgabe gebahnt, aber in richtiger Einsicht dessen, was zunächst Noth that, deren Lösung Anderen überlassen. Zugleich in richtiger Selbsterkenntniß. Denn S. war kein eigentlich philosophischer Kopf, auch hierin den klassischen Juristen der Römer verwandt. So unübertrefflich er die induktive Methode zu handhaben weiß, indem er überall von der klar erfaßten thatsächlichen Erscheinung zum Gesetze aufsteigt, so wenig ist ihm eine vollständige Begründung des Gesetzes selber Bedürfniß. Selbst die Grundlehre der historischen Schule von der Entstehung des Rechts hat er nicht im Einzelnen durchgeführt. Er begnügt sich damit, in dem Volksgeist, dem Volksbewußtsein, dem Volkswillen die Quelle alles Rechts zu suchen, ohne diese verschiedenen Faktoren zu scheiden, und ohne auf die tieferen objektiven Grundlagen zurückzugehen, welche dieses Bewußtsein und diesen Willen bestimmen — so der extremen Partei seiner Schule den Ausweg einer göttlichen Offenbarung offen lassend. Er erklärt uns nicht, wie das Gewohnheitsrecht entstanden ist und schlägt die Vorzüge desselben vor dem bewußteren, freieren und bestimmteren Gesetzesrecht zu hoch, dessen Nachtheile gegen dieses zu gering an. Indem die historische Schule das organische Wachsthum des Rechts betont, unterschätzt sie den Einfluß der freischaffenden Reflexion, ja sogar der Willkühr auf die Rechtsbildung. Das Recht ist offenbar weit nicht in dem gleichen Maße den Naturgesetzen unterworfen, wie die Sprache, mit welcher es die historische Schule es so gerne vergleicht, und selbst die Fortbildung der Sprache vollzieht sich nicht ganz auf organischem Wege, sondern auch hier greifen schöpferische Kräfte ein. —

So hat S. in reichster wissenschaftlicher Thätigkeit, auch als akademischer Lehrer der erste und einflußreichste Deutschlands, in ausgedehnter praktischer Wirksamkeit als Mitglied des höchsten preußischen Gerichtshofes für die Länder des französischen und gemeinen Rechts, bis zum Jahre 1842 gewirkt. Da entriß den 63Jährigen, zum großen Schaden der Wissenschaft, die Berufung zum preußischen Justizminister für Gesetzesrevision der bisherigen segensreichen Thätigkeit, der Fortführung des so glänzend begonnenen und auf eine Darstellung des gesammten geltenden römischen Privatrechts berechneten Systems. Nur der allgemeine Theil wurde 1847/49 Bd. 6—8 zu Ende gebracht, und einige wenigen Lehren des Obligationenrechts in 2 Bänden 1851 und 1853 veröffentlicht, die Sammlung und Revision aller kleineren Arbeiten von ihm selbst zum fünfzigjährigen Doktorjubiläum besorgt: Vermischte Schriften, 5 Bde. 1850.

Die in dem neuen Beruf gestellte Aufgabe einer zeitgemäßen Revision des preußischen Rechts war schwierig, und das anerkennenswerthe Ergebniß derselben, namentlich für die Verbesserung des bürgerlichen Processes, für das Ehescheidungsverfahren, für die Umgestaltung des Wechselrechts, des Strafrechts und die verfuchsweise Reform des Strafproceſſes hätte wohl auch ein geringerer Mann zu Wege gebracht. Den Fragen des praktiſchen Staatslebens aber, in welche S. durch ſeine Miniſterſtellung hineingezogen wurde, und welche unter der Regierung Friedrich Wilhelm IV. in eine ganz neue Entwickelungsphaſe traten, da Alles auf eine Umbildung der abſoluten Monarchie in einen konſtitutionellen Verfaſſungsſtaat hindrängte, war S. in dem unklaren und widerſpruchsloſen Treiben der Berliner Kreiſe, zumal in höherem Alter, nicht mehr gewachſen. Und wie früher an ſeine Schrift über den Beruf unſerer Zeit zur Geſetzgebung, ſo knüpfte ſich jetzt eine erneuerte Unpopularität an ſeine miniſterielle Thätigkeit. Ja man ſpöttelte wohl darüber, daß derſelbe Mann, welcher vor 30 Jahren der Zeit den Beruf zur Geſetzgebung abgeſprochen habe, nun ſelber an der Spitze der preußiſchen Geſetzgebung ſtand. So haltlos nun auch dieſer letzter Vorwurf erſcheint, im Uebrigen war die Unpopularität des Miniſters S. keine ganz unverdiente.

Die Grundanſchauung, von welcher S. und ſeine Schule ausging, konnte für die praktiſchen Rechts- und Staatszuſtände nach zwei ganz entgegengeſetzten Richtungen wirken. Indem Recht und Staat als natürliches Ergebniß der jedesmaligen Volkszuſtände aufgefaßt werden, und als deren Schöpfer das Volksbewußtſein, tritt dieſe Lehre, wie dem Despotismus und der revolutionären Willkühr, ſo auch allem trägen Beharren entgegen, und muß dahin führen, daß überall das den veränderten Anſchauungen und Zuſtänden Gemäße zur Geltung gelange. Sie trägt ſomit das Princip des raſtloſen Fortſchrittes in ſich. — Sie kann aber auch dahin führen, jedes verſtändige Eingreifen in die einmal beſtehenben Staats- und Rechtszuſtände als unzuläſſig abzuwehren, das einmal geſchichtlich Gewordene ſchlechthin als den wahren Ausdruck auch der Ueberzeugung und Bedürfniſſe der Gegenwart zu betrachten, die wahre Ueberzeugung der Gegenwart eben nicht in der herrſchenden öffentlichen Meinung, ſondern principiell in dem Gegentheil derſelben zu erblicken. Sie kann dahin führen, in jeder Eigenthümlichkeit, wie ſie ſich in bunteſter Mannigfaltigkeit hier und da aus den verſchiedenſten Gründen einmal herausgebildet hat, eine unbedingte Nothwendigkeit zu erblicken, jedes Volk in ſeinen nun einmal gewordenen Zuſtänden als losgelöſt von der Entwickelung der geſammten Menſchheit zu iſoliren, ja wohl gar die geſchichtliche Entwickelung nur bis zu einem gewiſſen Punkte hin als naturwüchſig anzuerkennen, von da an aber als unſtatthaften und revolutionären Bruch mit der Vergangenheit wieder rückgängig zu machen ſuchen. Sie kann ſomit zur romantiſchen Verherrlichung der Vergangenheit, ja zum knöcherſten Konſervativismus, zu Erhaltungs- und Wiederbelebungsverſuchen aller innerlich abgelebten und faulen Rechtszuſtände führen. Und in der That hat die Mehrzahl der Männer, welche ſich mit Vorliebe die geſchichtlichen Juriſten nannten, theils aus romantiſcher Schwärmerei für die Vergangenheit, in welche ſie mit Liebe ſich verſenkt hatten, theils in bewußten Legitimitäts- und theokratiſchen Tendenzen, theils aus Liebedienerei gegen die ſeit der Reſtauration in Deutſchland herrſchenden Regierungsmaximen, die geſchichtliche Anſicht in dieſem letzteren Sinne aufgefaßt.

S. ſelbſt hat es zwiſchen den beiden möglichen Konſequenzen der geſchichtlichen Anſchauung zu keinem völlig klaren Standpunkt gebracht. Mit vernichtender Schärfe hat er ſich zu den verſchiedenſten Zeiten, in früheren und ſpäteren Jahren, gegen den Despotismus in allen Formen ausgeſprochen. So 1815 gegen den gleißneriſchen Th. v. Gönner, welcher ihn demagogiſcher Tendenzen bezüchtigte, 1840 gegen die Haller'ſchen Reſtaurationsideen, von denen er ſchneidend bemerkt, es ſei bei dieſem Rettungsverſuch gegen die Vertragstheorie ſchwer zu

sagen, welches von beiden bedenklicher sei, die Krankheit oder das Heilmittel. Er
vertheidigt 1832 die freie Kommunalverfassung der preußischen Städte, und erachtet für jede Monarchie demokratische Elemente als höchst wünschenswerth, deren
freieste Entfaltung für geboten. Er preist die rege Theilnahme der Bürger am
Staatsleben, nur verlangt er freilich nicht liberales Raisonnement, sondern hingebende, selbstverleugnende Thätigkeit für das gemeine Wohl. Er ist ein warmer
Vertheidiger der vollen Lehr- und Lernfreiheit der deutschen Universitäten
(1832), hält eifrig den allgemeinwissenschaftlichen Charakter derselben aufrecht, und verlangt von der akademischen Jugend reges Interesse für die öffentlichen Angelegenheiten, aber er warnt sie vor vorschnellem Urtheil, vor leicht verfliegendem flachen Enthusiasmus, den in späteren Jahren nur zu leicht die kälteste
Selbstsucht verdrängt. Er hat zu allen Zeiten gelehrt, daß es im Leben der Völker keinen Stillstand, sondern nur stete organische Entwickelung gebe, und spricht
wiederum 1849 aus: „Wir können unmöglich irgend einem einzelnen Zeitalter
die Macht einräumen, durch sein eigenthümliches Rechtsbewußtsein alle künftigen
Zeiten zu bannen und zu beherrschen." So ist er niemals und in keiner Beziehung ein Mann der hochkonservativen und der hochkirchlichen Partei gewesen,
der gegenüber er noch als Minister (1844) die Ehegesetzgebung als eine bürgerliche Institution versicht. Allein die öffentliche Meinung hat ihn zu deren Trägern
gezählt, und vor Allem die Partei selber, welche sich gerne mit seinem hochstrahlenden Namen schmückt. Es lag an der Ungesundheit der deutschen und insbesondere
der preußischen Staatszustände, an der bureaukratisch-romantischen Sphäre des
Berliner Hofes, an dem künstlich zugespitzten Gegensatz, in welchen sich der neue
philosophirende Liberalismus unter Gans' Führung gegen die historische Schule
stellte, daß ein Mann von diesen Ansichten sich den Verfechtern starrer Legitimität,
des Absolutismus, des verrotteten Ständewesens und des Hochkirchenthums nur
nähern konnte, — an der engen persönlichen Verbindung mit den Romantikern,
den Brentano's, Achim v. Arnim u. A., an dem Einfluß hochbegabter Schüler,
wie Stahl, daß eine solche Näherung stattfand.

    S.'s Charakter ist von Verunglimpfungen wissenschaftlicher, wie politischer Gegner nicht frei geblieben. Man hat ihm Vornehmheit und Kälte, Eitelkeit, Hang
zur Intrigue vorgeworfen. In dem wissenschaftlichen Kampfe ist freilich manches
bittere und scharfe Wort gefallen, der Eifer hat die Kämpfenden nicht selten die
Achtung auch vor dem tüchtigen Gegner vergessen lassen, und manche Schüler
haben mit höchst ungerechtfertigter Geringschätzung und Vornehmheit auf die Leistungen aller nicht zum engsten Kreise gehörigen Männer herabgeblickt. S. selbst indessen treffen diese Vorwürfe nicht. Er war freilich eine vornehme Natur, aber
nicht blos äußerlich — er ließ nichts Gemeines an sich kommen. „Du glaubst nicht,
schreibt Clemens Brentano der Schwester Bettina, wie wenige man findet in der
Welt, die ganz frei sind vom Schlechten und Gemeinen, und wie ein Mann gleich
S. ein wahres Wunderwerk ist". Wo die Wissenschaft zu fördern, wo strebende
Kräfte auf die richtige Bahn zu leiten und anzufeuern waren, hat seine ungetheilte Hingebung, Anerkennung und einflußreiche Fürsprache nie gefehlt. Mit fast
naiver Freude begrüßte er jede neue Entdeckung, suchte er die Mittel zu deren
vollen Ausbeute zu beschaffen, und seine zahllose Jüngerschaft für das Ziel der
Wiederbelebung ächter Wissenschaft zu begeistern, auch die Schwächeren zum ernsten
Studium, zur sittlichen Auffassung der Lernzeit wie des künftigen Berufs anzuleiten. Nicht genug wissen die Schüler jüngerer und älterer Jahre, darunter
Männer, wie Jakob und Wilhelm Grimm, Eduard Böcking, den belebenden und

sittlich erhebenden Eindruck seiner Vorträge und seines Umgangs zu rühmen, und Niebuhr preist, wie in dem Gespräch mit S. „überall der entscheidende Punkt licht hervortrat, wie es so leicht war, Manches zu erfragen, so belebend, den nur noch halb erschienenen Gedanken zu vollenden und zu prüfen". Freilich mag in späterer Zeit der Grundton vornehmer Ruhe schärfer hervorgetreten, und die einst so unwiderstehlich fesselnde Wärme erkaltet sein. Wenn aber Bettina v. Arnim, welche einst S.'s Lob begeistert gepredigt hatte, im Jahre 1842 den Minister S. als einen „leeren Tropf bezeichnet, der nichts als Dünkel und Hochmuth habe, die sich als Demuth darstellen," und Varnhagen v. Ense begierig diese Aeußerung in seinen Tagebüchern verzeichnet, so werden wir die Aeußerung wohl auf Rechnung der unberechenbaren Stimmungen und Wandelungen der excentrischen Frau, und deren sorgsame Aufzeichnung auf die Vorliebe Varnhagen's für alles pikante Geschwätz setzen dürfen.

Die Märztage 1848 gaben S. der wissenschaftlichen Muße zurück, und mit Eifer benutzte der Siebzigjährige die kurze noch vor ihm liegende Zeit der Produktivität, um wenigstens einen Theil der Aufgabe zu lösen, welche er sich vor einem Jahrzehnt gestellt hatte. Doch im Jahre 1853, nachdem er nur auf Bitte eines Schülers und Freundes sich zur Veröffentlichung zweier Bände des Obligationenrechts entschlossen hatte, stellte er jede schriftstellerische Thätigkeit ein, da die geistige Kraft den eigenen hohen Anforderungen nicht mehr entsprach. In stiller Zurückgezogenheit, doch mit lebhaftem Interesse allen wissenschaftlichen Bestrebungen folgend, hat er den späten Abend eines reichen Lebens verbracht, dem auch äußere Ehrenbezeugungen, die Theilnahme der Schüler und Freunde zu den seltenen Festen des fünfzig- und dann des sechzigjährigen Doktorjubiläums nicht fehlten. Am 25. Oktober 1861 hat den Lebensmüden ein sanfter Tod erlöst. An seinen Namen aber wird sich für alle Zeiten die Regeneration der Rechtswissenschaft, die Feststellung der wahren Methode rechtswissenschaftlicher Forschung, die tiefere Begründung der Grundlehren von Recht und Staat knüpfen. —

Biographische Literatur: Arndts' Rede zur Feier des Andenkens an F. C. v. S., 31. Oktober 1861 (Kritische Vierteljahrschrift Bd. IV Nr. 1). Heydemann, Rede (Deutsche Gerichtszeitung 1861 Nr. 90). Jhering, F. C. v. S. (Jahrbücher für Dogmatik des heutigen römischen und deutschen Privatrechts von Jhering und Gerber. Bd. V Nr. 7). R. Schmid, Savigny und sein Verhältniß zur neuen Rechtswissenschaft. (Deutsche Vierteljahrschrift Nr. 97. Januar 1862. S. 139—185). R. Stintzing, F. C. v. S. Ein Beitrag zu seiner Würdigung. Berlin 1862 (Aus den preußischen Jahrbüchern von Hahm Bd. IX besonders abgedruckt). Rudorff, F. C. v. S. Erinnerung an sein Wesen und Wirken. Berlin 1862. (Aus der Zeitschr. f. Rechtsgeschichte. Bd. II S. 1—68 besonders abgedruckt). Savigny, Stahl, Pernice. Berlin 1862. Chais van Buren, S. Een woord ter Herinnering. (Nieuwe Bijdragen voor Regtsgeleerdheit en wetgeving t. XII [1862] p. 311—366). C. F. v. S. (Law magazine and law review. Mai 1862. p. 76—111). Goldschmidt